光文社文庫

文庫書下ろし／長編時代小説

典雅の闇

御広敷用人　大奥記録(九)

上田秀人

光　文　社

この作品は光文社文庫のために書下ろされました。

目次

御広敷略図

↑大奥

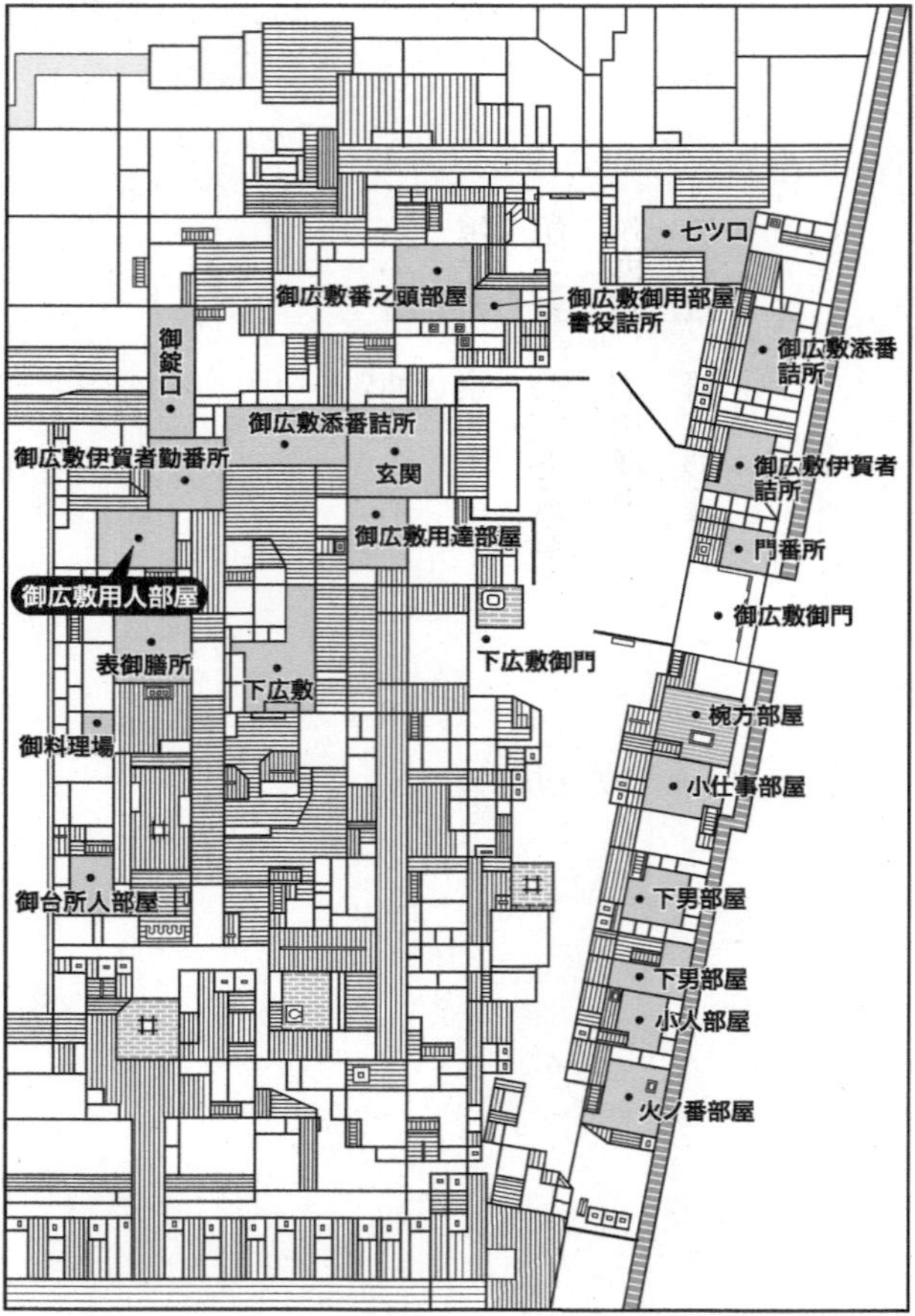
七ツ口
御広敷番之頭部屋
御広敷御用部屋書役詰所
御錠口
御広敷添番詰所
御広敷添番詰所
御広敷伊賀者勤番所
玄関
御広敷伊賀者詰所
御広敷用達部屋
門番所
御広敷用人部屋
御広敷御門
表御膳所
下広敷
下広敷御門
椀方部屋
御料理場
小仕事部屋
下男部屋
御台所人部屋
下男部屋
小人部屋
火ノ番部屋

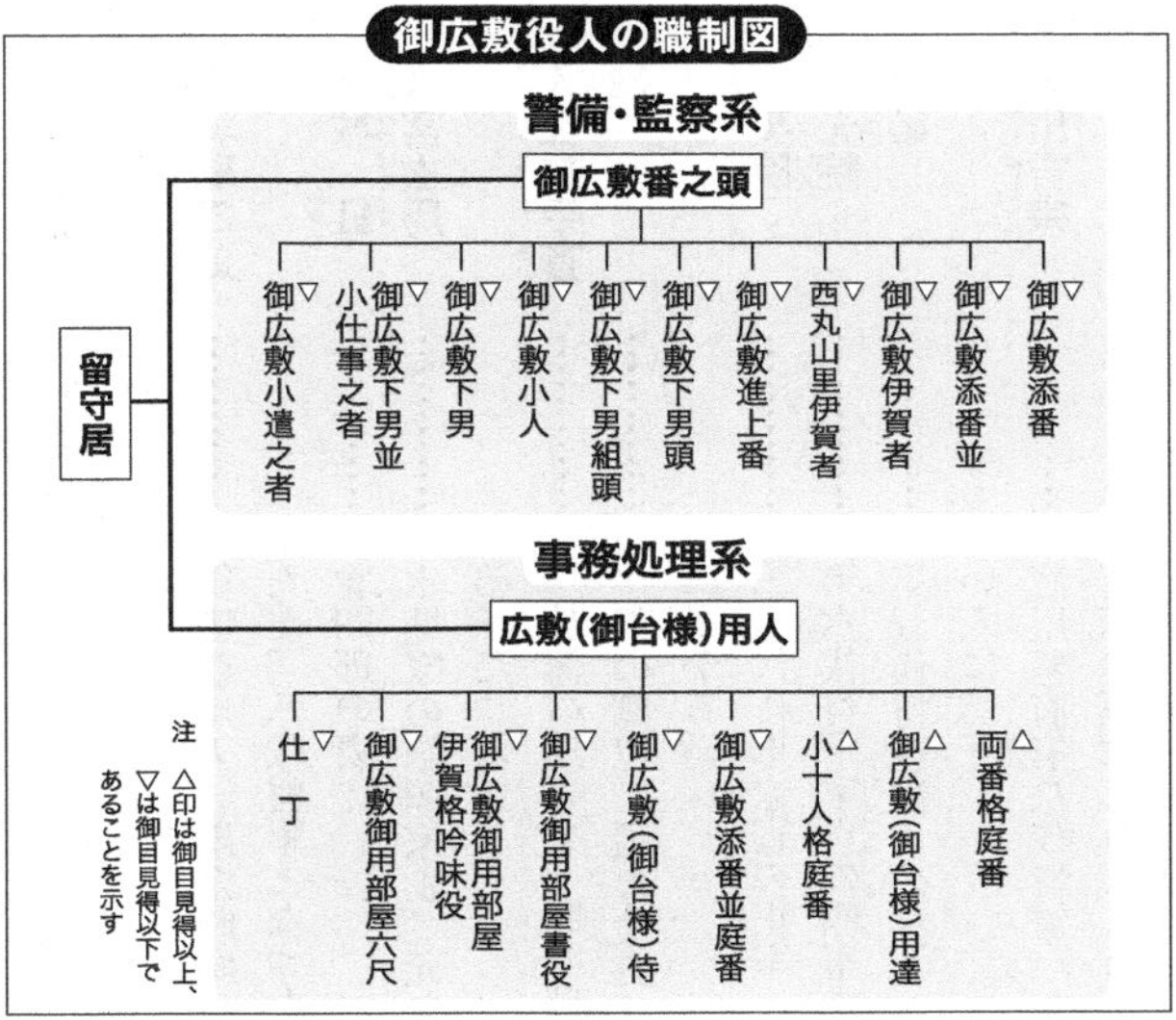
御広敷役人の職制図
留守居
警備・監察系
御広敷番之頭
御広敷添番▽
御広敷添番並▽
御広敷伊賀者▽
西丸山里伊賀者▽
御広敷進上番▽
御広敷下男頭▽
御広敷下男組頭▽
御広敷小人▽
御広敷下男▽
御広敷下男並▽
小仕事之者
御広敷小遣之者▽
事務処理系
広敷(御台様)用人
両番格庭番△
御広敷(御台様)用達△
小十人格庭番△
御広敷添番並庭番▽
御広敷(御台様)侍▽
御広敷御用部屋書役▽
御広敷御用部屋▽
伊賀格吟味役
御広敷御用部屋六尺▽
仕丁▽
注 △印は御目見得以上、▽は御目見得以下であることを示す

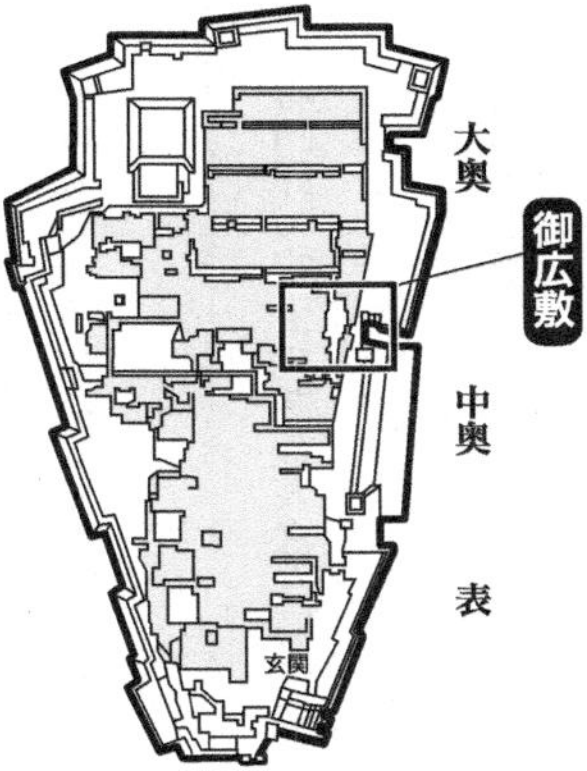
大奥
御広敷
中奥
表
玄関

典雅の闇　主な登場人物

水城《みずき》聡四郎《そうしろう》……………御広敷用人。勘定吟味役を辞した後、寄合席に組み込まれていたが、八代将軍となった吉宗の命を直々に受け、御広敷用人に。

水城《みずき》紅《あかね》……………聡四郎の妻。

大宮玄馬《おおみやげんば》……………水城家の筆頭家士。元は一放流の入江無手斎道場で聡四郎の弟弟子だった。

入江無手斎《いりえむてさい》……………一放流の達人で、聡四郎の剣術の師匠。

袖《そで》……………伊賀の郷忍。頭の命を受け、聡四郎の家士である大宮玄馬に襲い掛かる。

天英院《てんえいいん》……………第六代将軍家宣の正室。

月光院《げっこういん》……………第六代将軍家宣の側室で、第七代将軍家継の生母。

竹姫《たけひめ》……………第五代将軍綱吉の養女として大奥で暮らしてきたが、吉宗の想い人に。

徳川吉宗《とくがわよしむね》……………徳川幕府第八代将軍。聡四郎が紅を妻に迎えるに際して、紅を吉宗の養女としたことから、聡四郎にとっても義理の父に。

御広敷用人　大奥記録（九）

典雅の闇

第一章　連枝《れんし》の業

一

八代将軍徳川吉宗《とくがわよしむね》は、気に入りの御家門松平主計頭通春《ごかもんまつだいらかずえのかみみちはる》を鷹《たか》狩りに同行させていた。

「躬《み》の鷹を使うがよい」

吉宗が鷹匠《たかじょう》に命じて、愛鷹の一羽を松平主計頭の左手へと移させた。

「……存外に重いものでございまする」

前に突き出した拳《こぶし》へとかかった鷹の重みに、松平主計頭が驚きの声をあげた。

「兎《うさぎ》や狐《きつね》、場合によっては狼《おおかみ》などを捕まえて持ちあげるのだ。己が軽ければ、できることではない」

吉宗が低い声で告げた。

「己の重み……」

松平主計頭が、繰り返した。

「始めようぞ。勢子《せこ》ども囃《はや》せ」

思案しだした松平主計頭を放置して、吉宗が合図した。

「はっ」

大番頭《おおばんがしら》が一礼して、手にしていた軍配を振った。

うなずいた軍太鼓《いくさだいこ》役が、ばちを振るった。

「わああああ」

静かであった赤塚《あかつか》村の外れに、大勢の気勢が響いた。

「出ましてございまする」

吉宗の隣で膝をついていた鷹匠頭が、指さした。

「つぐみではないか。あのていど、鴇の伯翁《はくおう》にはふさわしくないわ」

愛鷹の胸羽を撫《な》でながら、吉宗が首を左右に振った。

「では、主計頭さま」

鷹匠頭が松平主計頭に声をかけた。

「あ、ああ」

あわてて鷹の目隠しを外そうとするが、焦《あせ》った松平主計頭にはうまくいかなかった。

「……逃げてしまいました」

残念そうに鷹匠頭が指摘した。

「申しわけなし」

松平主計頭がうなだれた。

「落ち着け。鷹狩りは軍事《いくさごと》である。戦いに油断と傲慢《ごうまん》と焦りは禁物《きんもつ》である。相手をよく見て、ゆっくりと対応を考えてから動け。つぐみで不足と思えば、動かずともよい」

吉宗が励ました。

「お言葉、肝に銘じまする」

「固いのう」

顔を上げた松平主計頭に、吉宗が嘆息した。

「そなたは躬の一門ぞ。もう少しくだけよ」

「畏《おそ》れ多いことを……」

親しみをこめた吉宗に、松平主計頭が声を震わせた。

松平主計頭は、御三家尾張《おわり》徳川三代綱誠《つななり》の二十男として生まれた。神君《しんくん》徳川家康《いえやす》の五代後胤《こういん》になる。吉宗が四代の後胤であることから考えて一代遠いとはいえ、血筋としては近い。正徳《しょうとく》六（一七一六）年に七代将軍家継《いえつぐ》に目通りをして、徳川の一門として認知され、御家門に組み入れられた。

御家門とは御三家の枝葉たちで、分家した者のことだ。将軍連枝《れんし》ではあるが、御三家当主のように、その継承権を持たない。将軍の血筋から臣下に降りたという意味を含めて、御家門と呼ばれた。

松平主計頭も藩主を継いだ兄吉通《よしみち》に一子五郎太《ごろうた》ができたことを受けて分家となり、いずれは藩から封地を分けてもらい、譜代《ふだい》大名となる。

「雉《きじ》が出ましてございまする」

「大きいの。主計頭、どちらが取るか競争じゃ。行け、伯翁」

藪から飛んだ雉の大きさに、吉宗が喜んだ。

「……えいっ」

愛鷹の名前を呼んでから、拳を突き出した吉宗を追って、松平主計頭も鷹を放した。

二羽の鷹が、蒼空を舞った。

目の前を低空で飛びながら逃げる雉を目に留めた二羽が、攻撃態勢に入るため一度上昇した。そして落ちる勢いを加えた鷹たちが、一羽の雉へ襲いかかった。

「……よしっ」

伯翁が雉の背中を摑《つか》んだ。鷹の爪は鋭い。こうなれば雉に逃げ出す術《すべ》はなかった。

「主計頭さま、拳を上へ」

空振りに終わった鷹が、戻って来た。

「あ、ああ」

鷹匠頭の指示に従って、松平主計頭が左拳を持ちあげた。そこへ鷹が降りた。

「こちらへ」

するすると近づいた鷹匠の一人が、鷹に目隠しをして、受け取った。

「ほう」

緊張していた松平主計頭が、ほっと息を吐いた。

獲物を運んだぶん遅くなった伯翁が続いた。

空中で一度輪を描いた伯翁が摑んでいた雉を放した。傷を受けている雉は、もがいても飛ぶだけの力はなく、そのまま地面に落ちた。

「上様」

その雉を鷹匠頭が拾いあげて、吉宗に差し出した。

「うむ。見事じゃ」

うなずいた吉宗が高く拳を突きあげた。

すっと伯翁が拳に止まった。大きく一度羽ばたいて、伯翁が落ち着いた。

「預ける」

「はっ」

そのまま拳を下げた吉宗から、鷹匠頭が伯翁を受け取った。

「休息じゃ。一同、昼餉《ひるげ》の用意をいたせ」

吉宗が命じた。

鷹狩りは軍事の演習でもある。とはいえ、泰平が長く続いたおかげで、その意味合いは薄れていた。昼餉も野営ですませていたのが、近隣の豪農屋敷や、寺院を使うようになって久しい。

今回は赤塚村の庄屋を吉宗は仮の本陣としていた。

「雉は味噌で焼け。兎は山椒《さんしょう》を振って吸い物にせよ」

細かく料理まで指示して、吉宗は庄屋の上座敷に入った。

「主計頭さま、お側《そば》へ」

御側御用取次《おそばごようとりつぎ》の加納近江守久通《かのうおうみのかみひさみち》が、松平主計頭を招いた。

「ご無礼つかまつりまする」

松平主計頭が、吉宗の左手へ腰を下ろした。

「鷹狩りは陣中じゃ。あまり固くなるでない」

吉宗が楽にせよと言った。

「近江守」

「はっ」

目配せを受けた加納近江守が、上座敷の敷居際に座って、他人の入室を拒んだ。

「あの者は、知っての通り躬が紀州《きしゅう》から連れて来た腹心じゃ。気にするな」

まず吉宗が加納近江守を格別な家臣として、松平主計頭に同席を認めさせた。

「承知いたしておりまする」

吉宗の側に加納近江守が控えているのは有名である。松平主計頭が首肯《しゅこう》した。

「鷹狩りは疲れたか」

「初めてでございましたので」

訊《き》かれた松平主計頭が小さくほほえんだ。

「慣れればよいものだぞ。ずっと城中で押しこめられていた気が、鷹狩りで広大な野山を駆けると、ほっと解放される」

吉宗が笑った。

「また、供をせい」

「是非にお願いをいたしまする」

次も誘うと言った吉宗に、松平主計頭が頭を下げた。

「さて……」

吉宗が笑いを消した。

「どうじゃ、その後は」

「それが、あまり思わしくございませぬ」

合わせて松平主計頭が、表情を曇らせた。

「調べたのであろう」

「はい。一人は服毒させられたものと考えてまちがいはないかと」

声をひそめた吉宗に、松平主計頭も小声で答えた。

「やはり。はたして、それはなんの意味での毒殺かだが……」

吉宗が腕を組んだ。

「兄の死にそこまでお心を砕いていただき……」

松平主計頭が感動した。

「吉通どのは、躬のよき友でもあったからじゃ。気にするな」

手を振って吉宗が、当然のことだと告げた。

貞享《じょうきょう》元（一六八四）年生まれの吉宗は、元禄《げんろく》二（一六八九）年生まれの吉通の五歳年長になる。しかし、藩主になったのは吉通が十一歳、吉宗が二十二歳と大きな差がある。徳川の一族としては吉宗が上になり、御三家の当主としては吉通が先《せん》達《だつ》となる。城中でのしきたりを教えられたこともあり、吉宗は吉通を好んでいた。

また、吉通は七歳下の弟松平主計頭通春を、毎日夕餉を共にするなどしてかわいがっていた。当然、吉宗も松平主計頭のことを知っており、将軍となってからなにかと目をかけていた。

「その吉通どのに毒を盛った者がおるなど、許せることではない」

吉宗が怒った。

「はい……」

松平主計頭も泣きそうな表情をした。

尾張藩四代当主吉通は、二十五歳という若さで急死していた。もちろん御三家の当主である。将軍ほどではないにせよ、手厚く医師の診察、看護を受けている。病弱であったというならばまだしも、健康な男子《おのこ》が急変して医師の手当ても及ばず、即日亡くなるなどそうそうあることではなかった。

「それもわたくし付きの者が……」

家継への目通りを控えて、出府《しゅっぷ》した松平主計頭に随伴してきた尾張藩士二人が、江戸で死んだ。

うち一人は、吐血《とけつ》しての頓死《とんし》であり、もう一人はなんと割腹《かっぷく》したのである。

「表沙汰にもできず……」

吐血頓死は隠蔽《いんぺい》できる。病死として処理してしまえばすむ。医者でもない限り、まず毒だとはわからないのだ。不審死としての噂は立つだろうが、国詰めの藩士で江戸に係累は少ない。まず騒ぎは大きくならずにすむ。

しかし、割腹となれば話は別であった。

武士が腹を切る。これはなによりも重いことであった。

まず、武士の命は、吾がものではない。武士は主君に尽くすためにある。主君のためだけに生きる。それに専念するため、生活の糧として禄《ろく》が与えられている。

そう、武士は自儘《じまま》に死ぬことを許されていなかった。ただ、主君、主家《しゅか》の名誉にかかわるときだけは、格別として切腹も認められている。

人前で藩の名前をあげて嘲《あざけ》られたなどのとき、争闘に持ちこめば喧嘩両成敗となり、主家に迷惑がかかる。こういうときは、静かに己の名前を名乗り、周囲の者に立ち会いを頼んで、切腹するのが作法とされていた。

己の命を差し出すことで主家の名誉を守ったとされ、代わりに相手へは厳しい処罰が下される。そして、腹を切った者の家は無事に家督《かとく》相続がなされる。

しかし、尾張の場合は違っていた。理由もなく、江戸滞在中の宿舎として与えられた中屋敷の長屋で切腹を遂げたのだ。

家臣が主君に預けたはずの命を、勝手に捨てる。

これは忠義という根本を揺るがす大問題であった。当然、家督が許されるどころか、取り潰《つぶ》しは必定《ひつじょう》、さらに親兄弟親類にも影響が出た。

「そこまでしなければならないことがあったのだ。それが吉通どのと分家奥州《おうしゅう》梁《やな》川《がわ》三万石の主《あるじ》松平出雲守義昌《いずものかみよしまさ》の死」

吉宗は断言した。

尾張分家奥州梁川藩は、尾張二代藩主光友《みつとも》の長男を祖とする。長男ながら、実母の身分が低すぎたため尾張藩を継げない義昌を父光友が憐《あわ》れみ、三万石を分知《ぶんち》して独立した譜代大名にした。わずか三万石と、大名ぎりぎりの小藩ではあるが、本家尾張に跡継ぎがいなければ、人を出す。徳川将軍における御三家と同じであり、吉宗も一時は紀州の分家である越前丹生《えちぜんにゅう》三万石の藩主だった。

小藩といえども、段階を踏めば将軍まで届くのが、御家門と呼ばれる御三家の分家であった。

「やはり兄は……」

「殺されたと見るべきであろうな」

はっきりと吉宗が告げた。

松平主計頭が江戸に下向《げこう》した正徳三（一七一三）年四月、二人の藩士が五月、同月分家梁川藩主松平義昌、七月に吉通が急死した。

「なぜ兄上が……」

慕っていた兄の非業《ひごう》の死を将軍に毒殺と断言された松平主計頭が呻《うめ》いた。

「尾張藩主の座であろうな」

吉宗が断言した。

「……上様」

松平主計頭が、吉宗を見た。

吉宗の顔色を松平主計頭が窺っていた。それは吉宗にも兄殺しの疑惑がかかっているからであった。

御三家紀州徳川家二代光貞《みつさだ》の四男として生まれた吉宗は、当初父からの認知さえ受けられなかった。その理由は、梁川藩主松平義昌と同じく、実母の身分が低かったからであった。

吉宗の母は、紀州藩士巨勢八右衛門利清《こせはちえもんとしきよ》の娘とされているが、そのじつは生国《しょうごく》さえ定かでない巡礼の娘であった。

熊野《くまの》の巡礼途中、和歌山《わかやま》城下で母親が倒れ、そのまま亡くなってしまった。頼る身内を失った吉宗の母は、村の庄屋に預けられた。とはいえ、いつまでも村の世話になるわけにもいかず、吉宗の母は奉公先を求め、和歌山城中の下働きとなった。

吉宗の母は、城中でも最下級の女中として湯殿《ゆどの》の係を命じられ、光貞の背中を流していたときに、なんの戯《たわむ》れか、手を出された。

御三家の当主に押し倒されては、抵抗さえできない。吉宗の母は、なかば強引に光貞の情けを受けさせられ、そして懐妊した。

「捨て置け」

用人《ようにん》から、手を出した湯殿係が妊娠したと告げられた光貞はそう言って手を振った。

これは気に入って手を付けた側室と違い、風呂場で身体が温まったことで起こった性欲を発散しただけであり、吉宗の母を欲したわけではなかったからだ。

また、すでに三人も男子があり、今さら公子を増やす面倒を避けたというのもあった。

とはいえ、紀州藩主の血筋を放置しておくわけにはいかない。吉宗の母は、城下の家臣の屋敷に預けられ、そこで出産した。

生まれた報告は受けたが、そのまま聞き流していた光貞が、どのような気持ちで吉宗を手元に呼び戻したのかは、わからない。光貞は晩年、吉宗を可愛がり側に置いた。

なれど身分は宙に浮いたままであった。正式な子供としては認めず、暗黙のうちに息子として隣に控えさせた。

いずれはどこぞ跡継ぎのいない家老の家にでも養子に出すつもりでいたのだろう。こういった藩主が外で手を付けた女の子供を、重臣のもとへ押しつけるのは珍しいことではなかった。

「最後の出府になるじゃろう。付いてこい」

老齢になった光貞は、隠居を考えたうえで江戸へ参勤に向かうこととし、その供に吉宗を加えた。

これが契機になった。

御三家は、将軍から格別の扱いを受ける。なかでも紀州は別格であった。五代将軍綱吉《つなよし》の娘鶴姫《つるひめ》が、嫡男綱教《つなのり》のもとへ輿入《こしい》れしていたからだ。紀州家は将軍の家族として優遇され、息子たちを連れての目通りが許されていた。

光貞は、五代将軍綱吉の前に、嫡男綱教、三男頼職《よりもと》を伴った。次男の次郎吉《じろきち》は生まれつき目が悪く仏門に入っており、同行していない。

「頼もしい息子たちを持っておるの」

綱吉がうらやんだ。

「紀州権大納言《ごんのだいなごん》さまは、子宝に恵まれておられまする。ここにお連れの他に、あと一人男子《おのこ》が」

なぜ知ったのかは不明だが、側用人《そばようにん》として綱吉の寵愛《ちようあい》を一身に受けている柳沢《やなぎさわ》出羽守《でわのかみ》保明《やすあきら》が、そう披露した。

「なんと、まだおるか」

綱吉には一男一女がいたが、世継ぎ徳松《とくまつ》は早世《そうせい》しており、その後男子に恵まれていなかった。

「躬に会わせよ。どこにおる」

将軍にそう言われては仕方がない。

未だ認めてさえいない息子を、光貞は江戸城へと呼びつけた。

「新之助《しんのすけ》頼久《よりひさ》と申しまする」

将軍に目通りするには、元服《げんぷく》が必須である。慌てて吉宗は元服、頼久となった。

「いかい丈夫そうな男子である」

一目で綱吉は吉宗を気に入り、越前丹生三万石を目通りの引き出物とした。

将軍に目通りまでしてしまった。さらに稔《みの》りが悪く、実高は五千石にも届かないと言われる難地だが、大名となった。

こうなれば吉宗を紀州に戻すわけにもいかなくなる。吉宗は江戸に移り住んだ。

紀州光貞の子供として天下に認められた吉宗に、さらなる転機が訪れた。

宝永《ほうえい》二（一七〇五）年、光貞隠居の後を受けて三代紀州藩主となっていた長兄綱《つな》教《のり》が、四十一歳の若さで死んだ。頼りにしていた長男の死を見た光貞も後を追い、さらに四代藩主を継いだ吉宗のすぐ上の兄頼職《よりもと》も続いた。

なんと半年の間に三人が死亡するという異常な事態が起こったのだ。

とくに三男頼職に至っては、藩主の座について四カ月という短さのうえ、二十六歳での若死にである。いろいろと噂が立ったのも当然であった。

大声で言われてはいないが、すぐ上の兄頼職が死の床で「もう許してくれ、新之助」と譫言《うわごと》を発したという噂もあった。

「ふん」

鼻先で吉宗が松平主計頭の気遣いをあしらった。

「兄殺し、父殺しが、将軍になっても不思議ではなかろう」

「な、なにを……」

松平主計頭が絶句した。

「将軍にはならなかったが、戦国最高の武将と言われた武田信玄《たけだしんげん》公は父を追放し、長男を殺した。織田信長《おだのぶなが》公も弟を討ち取っている。名将でさえ、そうなのだ。その名将を抑えて天下を取った武将が、将軍になる。豊臣秀吉《とよとみひでよし》公は甥《おい》を殺し、神君家康公は、吾が子を何人も殺した。武士はそうでなければならぬのだ。武将は生き残るために、親子兄弟でも討たねばならぬ。そして天下を統《す》べる将軍は、安寧《あんねい》のためには、どのような犠牲も厭《いと》うてはならぬ」

吉宗が覚悟を示した。

「……畏れ入りまする」

松平主計頭が吉宗の気迫に押された。

「躬の悪名など気にするな。将軍になったときより、生きている間恨まれ続けることと死後悪く言われることは覚悟しておる」

「そこまで……」

「将軍とはそういうものよ。それをわからずして将軍になった者は、不幸でしかない。ああ、将軍が不幸なのではないぞ。そんな肚《はら》のない天下人《てんかびと》を頂かねばならぬ万民が不幸なのだ」

吉宗が述べた。

「話を戻そう。あまり二人きりでしゃべっていては、疑う者も出る」

「はい」

松平主計頭が首肯した。

「吉通どのが、毒を盛られたという証《あかし》さえあれば、徳川の本家としていかようにでも手を出してくれるのだが……将軍といえども御三家には口出しできぬ」

「申しわけもございませぬ」

調べきれていないことに、もう一度松平主計頭が詫びた。

「怪しいのは、綱誠どのの側室で吉通どのの母である本寿院《ほんじゅいん》だな」

「はい。兄は本寿院のもとへ出向き、そこで宴をした夜に激しい腹痛を起こし、そのまま……」

ぐっと松平主計頭が唇を嚙《か》んだ。

「女か……あいにく得意な者は、今江戸におらぬ」

吉宗が残念そうに言った。

「まあ、二カ月もせぬうちに戻って参ろう。そのときは、そなたのもとへ行かせるゆえ、いろいろと指示をしてやれ」

落ちこんでいる松平主計頭を、吉宗が慰めた。

「どなたでござろうか」

松平主計頭が、派遣されてくる者の名前を問うた。

「御広敷用人《おひろしきようにん》、水城聡四郎《みずきそうしろう》」

吉宗が答えた。

二

駿河府中《するがふちゅう》での襲撃を退けてから、東海道を西上した水城聡四郎一行は、五日目の夕方三条大橋《さんじょうおおはし》を渡った。

「やはり藤川《ふじかわ》の追撃はなかったな」

聡四郎が足を止めた。

「忍《しのび》は勝てぬ戦をせぬものでございまする」

同行していた御広敷伊賀者《いがもの》の山崎伊織《やまざきいおり》が応じた。

「…………」

家士《かし》の大宮玄馬《おおみやげんば》は、いつでも抜けるように左手で太刀の鞘《さや》を握りながら、周囲に目を飛ばしていた。

「そう緊張するな。三条は京でも知れた繁華な場所だ。こんなところで襲撃をかけてくるほど藤川は愚かではなかろう」

聡四郎が大宮玄馬を宥《なだ》めた。

「ですが、手負いの獣は理の外にあると申しまする」

大宮玄馬が油断できないと首を左右に振った。

「死なばもろともか」

聡四郎も苦い顔をした。

駿河府中の城下に入る寸前、聡四郎たちを配下の忍を連れて狙った藤川義右衛門《ぎえもん》は、味方だった抜け伊賀忍の裏切りで、右目を失っていた。

「片目の忍はそれほど珍しいものではございませぬ。片目を失った不利を死ぬような修行で補い、優れた忍と賞賛を受けた者も多うございますが……藤川がそれに耐えられるか」

いささか山崎伊織も自信なさげであった。

「もし、修行のために伊賀の郷《さと》へ入ったならば、傷を癒す日々と修行で、一年は出て参りますまい」

「すべてを捨てたとしたら」

聡四郎は問うた。

「二日前に、京へ入っておりましょう」

山崎伊織が答えた。

「……二日前か」

難しい顔で聡四郎は呟《つぶや》いた。

「どのような罠《わな》を仕掛けるにも十分でございまする」

大宮玄馬が続けた。

「警戒を怠《おこた》らず、宿へと参ろう」

「先頭をわたくしが、後を大宮どの」

「承知」

陣形を指示した山崎伊織に、大宮玄馬が応じた。


公用で京に入った役人は、京都所司代のもとへ顔を出す決まりであった。

「遅くに申しわけございませぬ」

二条《にじよう》城に近い所司代役屋敷へ聡四郎が入ったのは、まさに日が暮れ寸前であった。

「ただいま、主《あるじ》に伝えまする。しばしお待ちを」

所司代を務める水野《みずの》和泉守忠之《ただゆき》の用人、江本甚之丞《ごうもとじんのじよう》と名乗った初老の家士が、聡四郎を客間にも通さず、玄関で待機をさせた。

「ぶ、無礼な」

大宮玄馬が怒った。

「気にするな。相手は所司代さまだ」

「されど、旗本である殿を、玄関先で立たせておくなど……」

抑えよという聡四郎に、大宮玄馬が怒りを収められないと言った。

「余計なところで波風を立ててはいかぬ。今回の役目を果たすに、所司代さまの協力は必須である」

少し強めに聡四郎が、大宮玄馬をたしなめた。

「……申しわけございませぬ」

大宮玄馬が詫びた。

「お待たせをいたしましてござる。主がお目にかかりまする」

しばらくして用人の江本が案内に戻って来た。

「うむ。玄馬、そなたはここで」

鷹揚《おうよう》にうなずいた聡四郎は、大宮玄馬を供待ちに留《とど》めた。

「はっ」

陪臣《ばいしん》である大宮玄馬は、聡四郎と京都所司代水野和泉守との対面に参加できなかった。大宮玄馬が、従った。

「こちらでござる。殿、御広敷用人さまをお連れいたしましてございまする」

奥の一室の前の廊下に、江本が腰を下ろし、なかへ声を掛けた。

「…………」

聡四郎はふと江本の言葉に不審を覚えた。役目での面会であるが、こういったとき、役目に続いて名前も披露するのが普通である。それを役目だけしか言わない江本に、聡四郎は首をかしげた。

「開けよ」

なかから応答があった。

「ごめん」

一礼してから、聡四郎は対面所へと足を踏み入れた。

「お初にお目通りを願いまする」

聡四郎は下座の中央に腰を下ろして、挨拶を始めた。

「御広敷用人、水城聡四郎にございまする」

「水城……」

名乗りを聞いた水野和泉守が、怪訝《けげん》な顔をした。

「上様のご養女さまの……」

京都所司代は老中《ろうじゅう》の一歩手前である。朝廷を管轄し、西国諸大名を監察する。さらに五畿内、播磨《はりま》、丹波《たんば》、近江の八カ国を支配する。幕府でも重要な役目と思われているが、そのじつはさほどでもなかった。

たしかに江戸幕府ができたころの板倉伊賀守勝重《いたくらいがのかみかつしげ》、板倉周防守重宗《すおうのかみしげむね》ら能吏《のうり》もいた。朝廷に禁中並公家諸法度《きんちゅうならびにくげしょはっと》を呑ませるなど、やるべきことが多々あったからだ。

しかし、天下を治める名分たる朝廷に接近し、徳川に成り代わるべく蠢動《しゅんどう》する大名たちがいなくなり、公家たちが幕府から支給される禄に縋《すが》りだすと、京都所司代の職務は形骸となっていった。

まず、西国大名の監察が大坂《おおさか》城代にも割り振られた。続いて、京都の政《まつりごと》の多くが京都町奉行所に移管された。八カ国の支配も、実態は代官の役目であり、京都所司代が現地に出向くことはない。

今の京都所司代は、形だけの支配者であった。

そんな名誉だけの役職に、譜代の英邁《えいまい》と呼ばれる大名たちが喜んで就きたがるのは、京都所司代が、老中にもっとも近い場所であるからだ。

緊急のときのみにおかれる大老《たいろう》や大政参与《たいせいさんよ》は別にして、幕府の最高権力者である老中への出世には、いくつかの道があった。

五代将軍綱吉に寵愛された柳沢吉保《よしやす》のように側用人から老中格へ上ったという希《け》有《う》な例もあるが、通常、若年寄《わかどしより》、大坂城代、京都所司代のいずれかを、あるいはそのすべてを経験していなければならなかった。

その三職のなかで、京都所司代がもっとも格上であり、よほどのことがないかぎり、数年で老中へ異動していく。

腕の振るいようのない京都所司代に譜代の大名たちがあこがれるのは、ここにあった。

当然、水野和泉守も出世を目指し、奏者番《そうしゃばん》、若年寄を経て、京都所司代となった能吏でもある。将軍の一族にかんしても、精通していた。

「はい。家内は上様の猶子《ゆうし》でございまする」

聡四郎は隠さなかった。

「その御広敷用人が、なぜ京に……いや、おぬしはどなたの担当じゃ」

将軍の娘婿とはいえ、役目上は水野和泉守が上である。口調は尊大なままであったが、あからさまな警戒が含まれていた。

「わたくしは竹姫《たけひめ》さま付きを上様より命じられておりまする」

「竹姫さま……」

一瞬で水野和泉守の表情が変わった。

水野和泉守は二年前から京都所司代の席にある。前任の松平紀伊守信庸《まつだいらきいのかみのぶつね》が十七年、前々任の小笠原佐渡守長重《おがさわらさどのかみながしげ》が六年、京都所司代であったことを思えば、さほど長くはないが、その前を探ると、一年から二年という短期が多い。

松平紀伊守も小笠原佐渡守も、後に老中となってはいるが、どちらも任期途中で病のため辞任している。二年は節目に近い。あと二年、異動がなければ京都に長くいる羽目になる。そうならないためには、将軍の覚えをめでたくするしかなかった。

「上様はお心を定められたのか」

水野和泉守が問うた。

「お心はすでにお決まりでございまする」

はっきりと聡四郎は首肯した。

しかしながら、どちらもその内容には触れていない。口にするには、いろいろと問題があった。

京都所司代には役料一万石の他に、与力《よりき》三十騎、同心《どうしん》百人が預けられる。が、その与力と同心は、代々所司代付きを継承するため、京に定住している。

定住してしまうと、どうしても縁も増え、愛着ができる。所司代の与力、同心のほとんどが、公家や京の商人と繋《つな》がっていた。

「上様よりご注意いただいたのか」

「はい」

内容を口にしない理由を確認した水野和泉守に、聡四郎はうなずいた。

「上様に京での滞在歴はないはず。恐ろしいお方だ」

水野和泉守が唸った。

「あのお方は、別格でございまする」

聡四郎も同意した。

「……誰も呼ぶまで近づけるな」

廊下に残っていた江本を水野和泉守が追い払った。

「で、そなたを都へ寄こしたのは」

「地ならしをしておけとのお言葉でございました」

「なるほどの」

答えに、水野和泉守が納得した。

「一応、上様より清閑寺《せいかんじ》さまと一条《いちじよう》さまにお目にかかれとのご指示をいただいておりまする」

「わかった。面会の手配はこちらでしよう」

水野和泉守は、聡四郎の用件を理解していた。

伝統を墨守《ぼくしゅ》し続ける公家、いや京にはいろいろなしきたりがあった。

一見《いちげん》さんお断りというものである。一見とは初対面の相手のことだ。これは、京が天下の政の中心であったことで、野望に晒《さら》され続けてきた結果生まれた、命を守るためのしきたりであった。

初対面の相手と会うのは、大きな不安が伴う。とくに京で帝《みかど》を手に入れれば、天下を吾がものにできるのだ。いつ刺客が、簒奪《さんだつ》者が現れるかわからない。初対面の相手に気を許して、門を開けた瞬間に兵がなだれこんできてもおかしくはないのだ。

それほど人は権力に引きつけられる。

結果、京の人々は他人を信用しなくなった。面識のある相手とだけつきあう。こうすれば、裏切られることもあるが、それでも見知らぬ人よりも安全である。

一見さんお断りは、こうして生まれた。

されど、完璧に初対面の相手を拒否していては、商いも生活も狭いままで発展していかなくなる。そこで、考え出されたのが、紹介者あるいは保証人であった。

「何々さんの紹介でおすか。ほな、どうぞ」

もし、なにかあれば、紹介した人に責任が生じる。下手をすれば、己が京からはじき出されてしまう。ゆえに紹介する人物のことはよく調べておく。まず馬鹿なまねをすることはない。

京の人は、こうして初対面の相手を受け入れた。

聡四郎は京の人にとって、異国人である。身分は幕府御広敷用人としっかりしたものであるが、それは京では通じない。聡四郎が御広敷用人だと言ったところで、証明されていないからだ。口からでまかせを言っても、江戸から遠い京では、そうばれることもない。歴史を重ねてきた京の人は、それも知っている。ほとんど猜疑《さいぎ》に近いまでの用心深さが、京を今まで守ってきたのであった。

「どちらから目通りを願う」

水野和泉守は、聡四郎の紹介をしようと言ってくれていた。

「やはり、竹姫さまのご尊父さまからが順当ではないかと」

「そうじゃな」

聡四郎の言葉を水野和泉守も認めた。

「では、明日にでも目通りの日を伺うための人を出す」

相手は権大納言、御三家どころか将軍に匹敵する高位の公家である。こちらからいついつ行きますとは言えなかった。

「お手数をおかけいたしまする」

聡四郎が感謝を表した。

「では、今日はこれで」

すでに暮れ六つ（午後六時ごろ）を過ぎている。上位の役人のもとに長居をするのは無礼であった。

「……そうか。もう少し話を聞きたかったが、おぬしも長旅を終えたばかりで、疲れておろう。もう、宿舎の用意もできたであろうしの」

まだ不足そうな顔をしながら、水野和泉守が手を叩いた。

京へ公用で出てきた役人たちは、京都所司代役屋敷のなかで起居《ききよ》するのが慣例であった。もちろん、許可を取り町屋《まちや》での滞在もできるが、役屋敷ならば無料ですむ宿賃を支払わなければならない。

「お呼びでございまするか」

すぐに襖《ふすま》が開いて用人の江本が顔を出した。

「宿舎へ案内いたせ」

水野和泉守が江本に命じた。

「はい」

江本がうなずいた。

「こちらへ」

軽く江本が聡四郎を招いた。

「では、和泉守さま」

一礼して聡四郎は立ちあがった。

「ああ、江本」

「なんでございましょう」

主君に呼び止められた江本が、怪訝な顔をした。

「そなたいささか増長《ぞうちよう》しておるようだの」

水野和泉守が冷たい声を出した。

「公家衆の屋敷に出入りしている間に、己も偉くなったと勘違いしたか」

「そのようなことは……」

江本が否定した。

京都所司代の用人は、公家たちとの交流も仕事であった。百石に満たない貧乏公家でも、主をはるかにこえる従三位《じゅさんみ》や従四位《じゅしい》という位を持つ。それらの公家が、京都所司代とつきあうことで少しでも余得をえたいと、江本にも気を使う。高位の公家に持ちあげられた京都所司代の用人が陥る傲慢さに、たった二年で江本も染まっていた。

「そうか。では、なぜその水城を案内するときに、名前を告げなんだ」

「……それは」

江本が詰まった。

「名前を言うほどでもない身分軽き者と侮《あなど》った証であろう」

水野和泉守が厳しく糾弾した。

「たしかに水城は、さほど高位ではない。布衣格《ほいかく》とはいえ無官だしの」

布衣格とは、諸大夫《しょだいぶ》と同義であり、六位相当の地位を与えられることをいう。

「だが、そなたは旗本でさえない。陪臣である」

「…………」

江本が黙った。

「不服そうだの。すぐに詫びればまだ救いようもあったが……」

「殿」

水野和泉守の嘆息に、江本が顔色を変えた。

「そこの水城聡四郎はな、上様の娘婿である」

「なにを、そのようなことがあるはずは……」

主君の言ったことを、江本が否定した。

当たり前の反応であった。将軍の姫が輿入《こし》れするとなれば、御三家を含め、少なくとも外様《とざま》で五十万石をこえる大大名か、譜代でも十万石を誇る名門か、あるいは五摂家《せっけ》しかない。たかが五百五十石高の小役人ではとても釣り合うはずもなかった。

「上様が紀州におられたころの話である。そしてご養女さまだ」

御三家の姫となれば、旗本と縁組は無理ではなかった。まして養女ともなると、ほとんど名義貸しに近い。あっても不思議ではなかった。

「で、では……」

江本が蒼白になった。

「そなたを京に置いてはおけぬ。ただちに国元へ戻り、別命あるまで謹慎しておれ」

水野和泉守が冷たく宣した。

「…………」

用人は家老に次ぐ地位である。そこまで進んだ出世を江本は失った。抗弁も許されない。主君の言葉に逆らうことは、侍の身分を失うに等しいのだ。がくりと江本が崩れ落ちた。

「使いものにならぬようじゃな。誰《たれ》ぞ、おらぬか」

江本をあきらめ、あらためて水野和泉守が他の家臣を呼んだ。

三

もと御広敷伊賀者頭藤川義右衛門は、紀州から連れてきた腹心の御庭之者《おにわのもの》に探索御用を任せた吉宗を逆恨みして、その娘婿である聡四郎を襲い、多くの配下を失ったうえ、己も組から出ていかなければならなくなった。

居場所を失った藤川義右衛門は、吉宗を排除して主の館林《たてばやし》藩主松平右近将監清武《うこんしょうげんきよたけ》を九代将軍にしようとする家老山城帯刀《やまきたてわき》に雇われた。松平右近将監は六代将軍家宣《いえのぶ》の異母弟であり、将軍になるだけの資格は有している。まだ吉宗の嫡子長福丸《ちょうふくまる》が幼く、天下人たるに足りない今こそ最後の機と気炎《きえん》を上げていた。

もし、吉宗が清閑寺権大納言の娘竹姫を娶《めと》り、朝廷と幕府の距離が縮まれば、吉宗に万一があっても、その跡継ぎである長福丸の後押しを朝廷がしかねない。

天下の主といわれる征夷大将軍も、厳密には天皇の臣下でしかない。天皇が征夷大将軍に任じ、大政を委任するという形で、徳川幕府は成り立っている。もし、朝廷が征夷大将軍として認めなければ、松平右近将監は天下人になれないのだ。

主君松平右近将監を将軍にして己は老中となり、天下の権を恣《ほしいまま》にしたいと考えている山城帯刀にしてみれば、吉宗と竹姫の婚儀はなんとしてでも邪魔しなければならないことであった。

また、山城帯刀と縁の深い家宣の御台所《みだいどころ》だった天英院《てんえいいん》も竹姫をうっとうしく思っていた。

天英院は家宣の正室として、その死後も大奥に君臨してきた。夫の跡を継いだ七代将軍家継《いえつぐ》の生母月光院《げっこういん》に、一時実権を奪われたが、それも家継の死で白紙に戻った。

大奥は将軍の御台所が主である。

これは三代将軍家光《いえみつ》の乳母春日局《かすがのつぼね》が定めた慣例であり、明文化されているものではないが、不文律として大奥にあった。

そして今の将軍吉宗には御台所がいなかった。もちろん、御三家の当主であった吉宗に正室はいた。吉宗には伏見宮貞致《ふしみのみやさだゆき》親王の王女理子《まさこ》女王が、輿入れしていた。二人の仲はよく、理子女王は吉宗の子を懐妊した。しかし、死産となったうえ、その産後の肥立ちが悪く、理子女王も二十歳の若さで死去した。

その後、吉宗は側室を持ったが、継室《けいしつ》を求めなかった。

そう、今、大奥には主たる御台所がいなかった。だが、大奥も一つの城である。城主のいない城は弱い。そのため、大奥では城主の座を巡って、天英院と七代将軍家継の生母月光院が争っていた。

そこに竹姫が現れた。

もともと竹姫は、五代将軍綱吉の側室となるべく京から下向してきた大典侍《おおすけ》の局の姪《めい》であった。京を離れた大典侍の局が、寂しさを紛《まぎ》らせるために江戸まで姪の竹姫を呼んだことで、大奥へとやってきた。愛妾大典侍の局の姪である竹姫は、その愛らしさから綱吉の気に入りとなり、養女として迎えられた。

竹姫は五代将軍綱吉の養女になった。養女とはいえ、将軍の娘である。そうそう無下《むげ》にもできない。竹姫は会津《あいづ》松平家の嫡男のもとへ輿入れすることになった。しかし、会津の嫡男が婚姻の前に急病死、続けて有栖川宮《ありすがわのみや》との婚約をなすが、こちらも輿入れ前に相手が死去するという不幸に見舞われた。

失意の竹姫をなんとかよいところへあらためて嫁にと思案している間に、綱吉も死亡してしまった。

綱吉は生類憐《しょうるいあわ》れみの令などで天下を騒然とさせた。人よりも犬を大事にさせるなど常軌《じょうき》を逸《いっ》した綱吉の評判は悪く、後を受けた家宣はその尻拭いに奔走《ほんそう》する羽目になっている。

そんな暴君綱吉の養女を正室に迎える。将軍家との縁を結ぶ形にはなるが、確実に家宣からは睨《にら》まれることになる。

あえて火中の栗を拾おうとする者もなく、また家宣も竹姫のことにかかわっているほどの余裕もない。

こうして、竹姫は忘れられた。

綱吉の養女という腫《は》れ物にさわるような肩書きを避けて、大奥でも竹姫はそっと放置されていた。

誰もが竹姫はこのまま老いていき、あるところで仏門に入り、大奥から消えると思っていた。

それが家継の早世《そうせい》、吉宗の将軍就任で変わった。

大奥は将軍の私《わたくし》である。将軍の閨《ねや》であり、子供を傅育《ふいく》する。それが大奥の役目であった。当然、将軍に近くなる。大奥には新たな将軍を受け入れたとき、目見《めみ》え以上の女中すべてが、挨拶をする慣例があった。

大奥の大広間に集められた女中たちは、それぞれの身分に応じた場所に座した。上臈《じょうろう》を筆頭に、御年寄《おとしより》、表使《おもてづかい》と居並んでの挨拶という儀式を終えた後、将軍は高位の女中たちと個別に面談する。

そのとき、吉宗は竹姫と会った。三十三歳の将軍が、十三歳の竹姫に一目《ひとめ》惚《ぼ》れしてしまった。

聡四郎が京へ行かされ、それを藤川義右衛門が襲う原因はここにあった。

「……一人では無理だ」

気取《けど》られぬだけの間合いを空けて、藤川義右衛門は聡四郎たちの後をつけてきていた。

「吾《われ》の力ならば、用人一人しか倒せぬ」

忍の重要な能力に、己の限界を知るというのがある。傷を負った藤川義右衛門は、大宮玄馬はもちろん山崎伊織にも勝てないと理解していた。

「だが、一度たりとも用人を一人にはしなかった」

藤川義右衛門が頬をゆがめた。

旅の間、聡四郎は厠《かわや》にも二人で行っていた。最初に山崎伊織が厠のなかを点検し、安全が確認されてから聡四郎が入り、その前で大宮玄馬が警戒する。これでは、とても藤川義右衛門は手出しできなかった。

「毒も盛れなかった」

伊賀には、一滴口に入っただけで死ぬ猛毒もある。それを藤川義右衛門はなんとかして聡四郎たちの食事や湯茶に忍ばせようとしたが、そのすべてを山崎伊織が防いでいた。

やはり伊賀者である山崎伊織は、毒に慣れる訓練を受けていた。死なないていどに摂取して、毒に身体をなじませる。そのとき、あらゆる毒を味わい、舌に覚えさせるのだ。その山崎伊織が、食事すべての毒味をしている。とても毒殺できるものではなかった。

「金もない。無頼《ぶらい》も使えぬ」

相応の金さえ払えば、侍だろうが役人だろうが、関係なく襲う地回りや雲助《くもすけ》はどこにでもいる。だが、これも先日の戦いで金を失った藤川義右衛門には無理であった。

「いたしかたない。弱みを見せるのは業腹《ごうはら》だが……」

藤川義右衛門は、聡四郎たちが消えた京都所司代役屋敷を、もう一度睨みつけてから立ち去った。


京都でもっとも繁華なところは、四条《しじょう》あるいは五条《ごじょう》である。しかし、中心はと問われれば、誰もが御所《ごしょ》を口にする。

天皇がおわす御所が、京の誇りであり、価値であった。

当然、御所の周囲が最高の地である。それにふさわしい地位の公家や宮家が、御所の周囲を取り囲んでいた。

その御所の北に近衛《このえ》家の屋敷はあった。

「夜分、畏れ入る」

寝所で休んでいた近衛基凞《もとひろ》の上に声が降った。

「なにやつじゃ」

すぐに近衛基凞が目覚めた。

「伊賀者でござる」

「……伊賀者。藤林耕斎《ふじばやしこうさい》の手の者か」

「手の者というより、同輩でござる」

伊賀の郷《さと》忍《しのび》の頭領と同格であると藤川義右衛門が告げた。

「夜中に麿《まろ》の寝姿を見下ろす無礼さは、まさに同じだの」

近衛基凞が皮肉った。

「…………」

「で、なにしに夜中推参《すいさん》いたしたのだ」

黙った藤川義右衛門に、近衛基凞が問うた。

「天英院さまより、ご父君のご協力を仰げと命じられて参上つかまつりました」

「……煕子《ひろこ》からか」

娘の名前に近衛基凞が反応した。

「すでにお聞き及びでございましょうが、将軍は清閑寺権大納言《ごんのだいなごん》の姫を継室とすることに決しました」

「うむ。煕子から報《しら》せが来ていた」

近衛基凞が認めた。

「その使者が、本日京都所司代に着きましてございまする」

「ほう。無事に京まで来られたか。煕子の書状には、手の者を出すとあったがの」

口の端《は》をわずかにつり上げて近衛基凞が天井を見あげた。

「恥ずかしい次第ながら……」

藤川義右衛門がうなだれた。

「力が足りなんだのだろう。いたしかたあるまい」

「……うっ」

鋭くえぐるような一言に、藤川義右衛門が呻いた。

「で、なにをしに麿のところに来たのじゃ」

再度近衛基凞が問うた。

「お力をお借りいたしたく」

老練な公家相手では、忍も手の施しようがなかった。藤川義右衛門はあきらめて、助力を請《こ》うた。

「なにをして欲しい」

「人か金をお借りいたしたく」

「そちは馬鹿だな」

願いを口にした藤川義右衛門に、近衛基凞が辛辣《しんらつ》な表現を浴びせた。

「なにを仰せか」

たび重なる失敗に、心が傷ついている藤川義右衛門が過剰な反応を見せた。

「わからぬか。公家にあるのは名前と矜持《きょうじ》、そしてないのが金と人じゃ。公家に金と人があれば、武家ごときに天下など渡すわけなかろうが」

近衛基凞があきれた顔で告げた。

「…………」

藤川義右衛門が沈黙した。否定はできない事実であり、かといって同意は無礼に当たる。

「そちらでなんとかいたせ。用件がそれだけならば、去《い》ね。明日は綾小路《あやのこうじ》中納言《ちゅうなごん》の催しで歌会があるのでな」

面倒くさそうに近衛基凞が夜具を被った。

「それでは……」

子供の使い以下の扱いに、藤川義右衛門が反論しようとした。

「人も金もない。人を雇うには金が要る。そして金なら、公家にはないが、あるところにはあろう」

そう述べて、近衛基凞が目を閉じた。

「あるところにはあるのが金……盗みをしろと言われるか」

「…………」

憤りを含んだ藤川義右衛門の詰問に、近衛基凞は寝息で応じた。

「……ごめん」

ため息をついた藤川義右衛門が、近衛家の天井裏を後にした。

「盗めとは言っておらぬぞ。麿はの」

夜具のなかで近衛基凞が小さく笑った。

四

京都所司代の権力は飾りである。とはいえ、その名分は大きい。京都所司代から目通りを求められた清閑寺権大納言熈定《ひろさだ》は、翌日を指定した。

「所司代が麿に会いたい理由があるのかの」

清閑寺権大納言は不意のことに首をかしげた。

「姫さまのことやおへんか」

家宰《かさい》が述べた。

「竹のことか。一度将軍の使いが来たの。その続きであろうか」

清閑寺権大納言は困惑していた。

娘とはいえ竹姫を手元から離したのは三歳のときで、もう十年ほど会ってもいない。その娘が将軍の想い人だと言われても、どうしていいかわからないのだ。

「会《お》うてみるしかおへんのでは」

「じゃの。任せるよってに、あんじょういたせ」

家宰の言うとおりである。会わずに進む話ではない。清閑寺権大納言は、明日の手配を家宰に命じた。

約束の日、朝五つ半（午前九時ごろ）に聡四郎は大宮玄馬と山崎伊織を連れて、清閑寺権大納言の屋敷へと向かった。

「ここでござる」

水野和泉守が付けてくれた案内の与力が、門の前で止まった。

「ちいとここでお待ちを」

与力が一人で門に近づいた。

「ごめんやす」

「あいよ。ああ、所司代の」

潜《くぐ》り戸《ど》から雑掌《ざつしよう》が顔を出した。

「お客人をお連れしました。御所さんは」

「お待ちでっせ」

雑掌が、うなずいた。

「開けるよってに、ちょっと待ってや」

顔を引っ込めた雑掌が、表戸を開けてくれた。

「水城さま」

与力が聡四郎に耳打ちした。

「わかっておる。玄馬」

「はい」

いつまでも世間知らずではない。聡四郎は役屋敷を出る前に用意していた金包みを大宮玄馬に預けていた。

「よしなに」

聡四郎が門を潜るときに合わせて、大宮玄馬が金包みを雑掌に渡した。

「これはおおきに」

雑掌が喜んで受け取った。

「では、拙者はこれで」

用はすんだと与力が離れていった。

「こちらでっせ」

機嫌を良くした雑掌が、聡四郎を案内した。

「ああ、お供はんは、門脇の供待ちに」

雑掌が大宮玄馬たちに指示した。

「頼むぞ」

「はっ」

聡四郎の言葉に、大宮玄馬が首肯した。


権大納言といえば、御三家の当主が長くその座にあって初めて上れる高位である。百万石の加賀《かが》でも、大老を輩出する井伊《いい》でも、決して上ることのできない地位ながら、清閑寺家の禄は、わずかに百八十石しかない。水城家の三分の一にも満たないのだ。当然、広大な屋敷を維持できるはずもない。屋敷はこぢんまりとしており、すぐに聡四郎は客間へ着いた。

「ここで待っておくれやす」

雑掌が去っていった。

「敷物がない。どこに座ればいいのだ」

聡四郎は困惑した。

通常、客間には敷物の用意がある。おおむね、そこに座っていれば、問題にはならない。しかし、公家は貧しく、敷物さえ持っていなかった。

「とりあえず、敷居際におればよかろう」

聡四郎は客間と廊下の境に近い場所へと腰を下ろした。太刀を後ろに置くことも忘れない。公家は礼儀を重んじる。将軍吉宗の使いとして来ているのだ。武家は何も知らないと侮られないようにしなければならなかった。

「待たせたの。麿が清閑寺じゃ」

「権大納言さまは……」

出てきた公家が若いことに聡四郎は戸惑った。

「ああ、権大納言は父じゃ。麿は中納言じゃ」

「父……ということは、卿《きょう》は竹姫さまの……」

「兄じゃ。治房《はるふさ》である」

「畏れ入りまする。竹姫さま付き御広敷用人、水城聡四郎にございまする」

貴人に先の名乗りをさせたことに、聡四郎は詫びを入れ、あわてて告げた。

「竹の用人か。江戸から、はるばるよう参ったの」

清閑寺中納言が、座りながらねぎらった。

「で、なに用であるか」

早速用件を問うた。

「主よりの言付《ことづ》けをお伝えいたしまする」

「将軍家からとなれば、席を替わろうか」

清閑寺中納言が気を使った。

征夷大将軍である吉宗は同時に、内大臣《ないだいじん》でもある。内大臣は従二位《じゅにい》の職であり、三位中納言よりも上であった。

「いえ、公式というものではございませぬ。内々のお話ということでございますれば」

聡四郎が首を左右に振った。

「そうか。では、このまま伺おう」

話せと清閑寺中納言が促した。

「主吉宗、竹姫さまとの婚姻を願っておりまする。つきましては、ご実家である清閑寺家にも相応の振る舞いをお願いしたいとのことでございまする」

聡四郎は述べた。

「少し耳にはしておったが、将軍家は本気であったか」

清閑寺中納言が驚きを見せた。

「将軍家は三十路《みそじ》を過ぎておられよう。対して竹はまだ十三」

歳の差を気にしないのかと、清閑寺中納言が尋ねた。

「主は、是非にと」

「そうか。そこまで言うてもらえるならば、竹も女の冥利《みょうり》に尽きよう」

大きく清閑寺中納言がうなずいた。

「当家としては、竹を徳川家に輿入れさせるに、なんの異《い》もない」

「かたじけのうございまする」

承諾を得られた聡四郎はほっとした。

「しかし、異議を申し立てる者がいないとは限らぬ」

「異議でございますか。両方の家が納得していても」

「それが公家というものよ。公家の価値をそなたはわかっておるかの」

「価値でございますか」

聡四郎は首をかしげた。

「そうじゃ。なぜ公家は、官位を代々受け継いでおるのか。わずか百石ほどの家で、百万石よりも高位におれるのか。そのことよ」

清閑寺中納言が、少しだけかみ砕いた。

「ご先祖の功績でございましょう」

武家も同じである。先祖が戦場で立てた手柄が、子孫の禄になっている。

「それはたしかだな」

少しの苦笑を含めながら、清閑寺中納言が認めた。

「他にも」

「もっと根本の理由がある」

まだあるのかと言った聡四郎に、清閑寺中納言が厳しい顔つきになった。

「血じゃ」

「……血」

「そうじゃ。血筋というやつよ。大化《たいか》の故事を引き合いに出すまでもなく、公家の歴史は古い。ざっと数えても千年をこえる」

清閑寺中納言が語り始めた。

「我が国でもっとも尊いお方は、今上《きんじょう》さまである。我ら公家は、その眷属《けんぞく》である」

「それはわかりまする」

聡四郎は首を縦に振った。

「そして眷属は皆、一族なのだ」

「えっ」

一瞬、聡四郎は啞然《あぜん》とした。

「千年あまりの歴史のなかで、我ら公家は下の下まで血を混ぜている。ようは、遡《さかのぼ》ればすべての公家が天皇家に繋がるのだ」

「はあ」

聡四郎は生返事をするしかなかった。

「わからぬか。清閑寺の一族と強弁する者が、武家との縁など不要と反対するやも知れぬ」

「そのようなもの、気になさらずとも」

武家の婚姻は、個人のものではなく、家と家のものである。それは聡四郎も理解していた。

「関白《かんぱく》さまより、待ったがかかればどうだ。いや、もし、今上さまより、勅意《ちょくい》で取りやめを命じられれば、それまでぞ」

「それは……」

聡四郎は絶句した。

たしかに婚姻は、家と家のものに違いない。だが、突き詰めていけば、男と女に集約されるのだ。その男と女の仲に、天皇が口を挟む。聡四郎には想像もつかなかった。

「今上さまは、英邁《えいまい》なお方である。だが、その周囲は高潔な者で固められているとは言い切れぬ」

難しく眉をひそめながら清閑寺中納言が言った。

「さすがにこのようなことで勅意は出ぬが、今上さまがお気に召さぬという女御《にょご》奉書くらいは出せる」

女御奉書とは、天皇の身の回りの世話をする女官が発する、書状のようなものである。女御の名前で出されるが、そのじつは天皇の内意である。勅を出すほどではないことや、出せない事情があるときなどに使われた。

「その奉書が本物だという保証はない」

「奉書を偽造する……そのような畏れ多いことを」

「…………」

まさかと言う聡四郎に、無言で清閑寺中納言が肯定した。

「それは大罪でございましょう。そのようなもの、偽造した者を咎《とが》めれば……」

聡四郎が反論した。

「できぬのよ。それが公家じゃ」

「なぜでございましょう」

罪を犯した者を咎められない。それはおかしいと聡四郎は弾劾《だんがい》した。

「先ほども言った。公家はすべて一族だと」

「連座……」

「うむ」

聡四郎の口から漏れた一言に、清閑寺中納言が首を縦に振った。

連座とは、一人の罪が周囲にまで波及することだ。たとえば、謀反《むほん》は九族皆殺しになる。九族とは本人を中心に四代先祖、四代子孫までを言う。

「名誉だけで生きている公家じゃ。誰も家名に傷を付けたがらぬ」

「…………」

聡四郎はあきれるしかなかった。

「だがの、偽造はまだよいのだ。偽造とわかった段階で、奉書は無効になる。なかったことにして、罪を問わぬ形を取るためにな」

清閑寺中納言が続けた。

「問題は、奉書が事実であったときだ」

「今上さまがそのようなものを出されると」

英邁だと言ったばかりだろうと、聡四郎は怪訝な顔をした。

「今上さまは、御所の奥におられ、外へお出ましにならぬ」

「……では、周りにおる者が偽りをお聞かせすると」

すぐに聡四郎は清閑寺中納言の言いたいことを悟った。

「そうじゃ。たとえば、将軍家がまだ幼い竹姫に懸想《けそう》し、無体《むたい》をしかけようとしておるなどとお耳にされたならば」

「むううう」

聡四郎は唸った。吉宗と竹姫の年齢差、立場の違いが、この悪意ある言葉を否定できなくしているとわかった。

大奥は女の城と言われているが、実際は違った。大奥という城は、幕府によって金を給されて回っている。どこでも同じだが、金を出している者が強いのだ。

将軍が強く望めば、大奥はどのような要求でも呑まざるを得ない。それこそ、吉宗が幼い竹姫を閨にと求めれば、拒めないのだ。

嫌がる女を無理矢理手込めにする。男女かかわらず人ならば、憤る話である。天皇がそれを聞いて、吉宗にどのような感情を抱くかは、言うまでもなかった。

「どうすれば……」

公家の慣習など聡四郎にはわかるはずもない。聡四郎は問うた。

「少なくとも五摂家を引き入れねばならぬ」

清閑寺中納言が述べた。

「五摂家……すべて」

聡四郎は難しい顔をした。

「近衛さまだの」

「……はい」

すなおに聡四郎は認めた。

近衛もと関白基凞は、吉宗と対立していた。正確には、近衛基凞の娘で六代将軍家宣の御台所であった天英院が、吉宗の敵であった。

二人の対立の大本は、七代将軍家継の早すぎる死にあった。家継の跡を誰が継ぐかとなったとき、天英院は亡夫家宣の異母弟館林藩主松平右近将監清武を推した。

結果は吉宗が勝ち、八代将軍になった。そのときのわだかまりが解消しないうちに、吉宗が大奥縮小に乗り出した。

吉宗は大奥の経費を削減する第一歩として、女中の数を減らした。これが天英院を直撃した。月光院の女中一人に対し、天英院は二人の割合で多く削られたのだ。ついている女中の数が、権威を表す。

天英院は、吉宗から月光院より格下だと告げられたも同然の扱いを受けたのである。天英院が怒ったのも当然であった。

公家のなかの公家といわれる五摂家の姫だった天英院から見れば、紀州徳川家の当主だった吉宗など田舎者でしかなかった。いや、将軍を継ぐなど分不相応な小物扱いであった。その吉宗によって大奥の主たる地位から引きずり下ろされた。

天英院の矜持は大きく傷つけられた。

誇りを唯一の財産としている公家の血を引く姫である。その誇りを傷つけられた報復を吉宗に喰らわせようとした。だが、天英院には金も人もない。

そこで天英院は、二人に頼った。その一人が、吉宗と将軍の地位を争った館林藩主松平右近将監清武の家老山城帯刀で、もう一人が朝廷で絶大な権威を誇る実父近衛基凞であった。

「反対なさいましょうな」

「する」

確かめようとした聡四郎に、清閑寺中納言が首を縦に振った。

「どうすれば……」

もう一度聡四郎は問うしかなかった。

「近衛さまが反対できぬようにするしかない」

「そのような方法がございますので」

聡四郎は首をかしげた。

戦うならば、勝つだけの技や武器が要る。だが、反対するなら、一言「否《いな》」と口にするだけで良い。他人の言葉に制限をかけることは難しい。まして、相手は五摂家筆頭といわれる近衛家の当主である。御広敷用人ていどができることはなかった。

「ある」

ふたたび清閑寺中納言が短く応じた。

「ございまするか」

聡四郎は身を乗り出した。

「他の公家が、すべて賛成に回ればいい」

清閑寺中納言が告げた。

「そのようなことができましょうや」

公家がいくつあるか聡四郎は知らないが、すべてを統一するなど容易な話ではない。聡四郎は清閑寺中納言の顔を見た。

「先ほども申したであろう。公家は一族だと。いわば、朝廷は天皇さまを中心とした村のようなものだ。己一人が浮くことをよしとはしない。かつて聖徳太子《しょうとくたいし》が仰せになった言葉にもある。和をもって貴《とうと》しとなすとな」

清閑寺中納言が語った。

「一人反対はできぬと」

「そうじゃ。いかに近衛さまとはいえ、公家のなかで浮けば終わりじゃ」

「終わりとは」

「簡単なことよ。誰も近衛家に娘を差し出さぬ。妻や側室がおらねば、子ができぬ。もちろん町屋から妾《めかけ》を迎えることはできるが、その間に生まれた子など、跡継ぎとは認めぬ。近衛家は名門中の名門じゃ。生母の身分もあるていど要る」

「子ができねば、家が絶える」

「絶えぬ。近衛を潰すわけにはいかぬ」

聡四郎のつぶやきに、清閑寺中納言が首を横に振った。

「矛盾しておるように思うだろう。近衛さまの血を引いた子孫は絶える。だが、名跡《みょうせき》は続く。他の五摂家かあるいは宮家から養子が入る」

「なるほど。しかし、それが近衛さまを止めるだけのものに」

「なるのだ。公家にとって血はなによりだからな。いや、血しかないというべきか。吾が血筋が途絶える。それほどの恐怖はない。これは公家でなければわからぬことかも知れぬ」

清閑寺中納言が言った。

「かたじけのうございました」

聡四郎は手立てを教えてもらった礼を述べた。

「水城と申したの」

「はい」

「清閑寺家は竹を売った。大典侍の局が竹を養女にと望まれたとき、代償として相応の金をもらっている」

清閑寺中納言が顔をゆがめた。貧しい公家が娘を大名や商家の妾として売ることは珍しくなかった。

「今までなにも竹にしてやらなかった清閑寺家が言えたことではないが、公方《くぼう》さまによろしくお願いすると伝えてくりゃれ。そして、そなたも竹を頼むぞ」

真摯《しんし》な声で清閑寺中納言が述べた。

「はい」

たった一言に思いをこめて、聡四郎は首肯した。

第二章　京の闇

一

京の二条通りには薬種《やくしゅ》問屋が並んでいた。

これは京が漢方医方の聖地であったことによる。京は千年の都である。天皇、公家、天下人たちが集う場所には、その健康を守る医師が要る。

後陽成《ごようぜい》天皇を始め、十五代室町《むろまち》将軍足利義昭《あしかがよしあき》、織田信長、豊臣秀吉などの権力者を診察した曲直瀬道三《まなせどうさん》ら、天下に名を知らしめた名医の多くが、京の古刹《こさつ》で医を学んだ。

医は仏法と同じく、海を渡って日本に伝わり、寺僧がその担い手となった。京に在る名刹《めいさつ》のほとんどに医術は受け継がれている。

蘭方を学ぶ者は長崎《ながさき》に、漢方を目指す者は京へが、遊学を求める者たちの合い言葉であった。

それは同時に日本中から、京へ救いを求める者を呼び寄せた。

「ここでは、どうにも」

「愚昧《ぐまい》の腕では届きませぬ」

在所《ざいしょ》で手に負えないと首を振る医師たちが、続けて口にする言葉に患者はすがるしかない。

「京、あるいは長崎ならば……」

こう言われて、そうかと旅立てる者は少ない。身体を癒すためとはいえ、旅の辛さ、その費用は生やさしいものではないからだ。

病に衰えた身体を優しく目的地まで運び、高名な医師にかかり、長期滞在したうえで、高価な薬を惜しげなく買える。それだけの財を持つ者だけに許された特権が、京洛での療養である。

当然、それを見こして、京の薬種問屋は希少な薬や高貴薬を取りそろえ、患者が金を落とすのを待っている。

西陣《にしじん》の織物問屋と肩を並べるのが、二条の薬種問屋であった。

「ここがもっとも店構えが大きいな」

深更《しんこう》、藤川義右衛門が二条通りにいた。

二条通りは御所から南に三筋目であり、通りには二条城や京都所司代が近い。さすがにそのあたりは、夜更けであろうとも警邏《けいら》の巡回があり、辻ごとに篝火《かがりび》が焚《た》かれている。が、その警戒は、二条城と京都所司代の付近に限られ、少し西にずれるだけで、無警戒になった。

「江州屋《ごうしゅうや》。伊吹山《いぶきやま》で採れる薬草を一手に扱い、その評判は高い。御所にも薬を納めているという。存分に金があるだろうよ」

口の端を藤川義右衛門がゆがめた。

「背に腹は替えられぬ。なに、千両も欲しいわけではない。人を雇う金と、些少《さしょう》の報酬だ。二百両ほどならば、痛くもあるまい」

勝手な理屈を呟いて、藤川義右衛門が江州屋に忍びこんだ。

忍の技は、盗賊のお手本であった。どれだけ静かに、相手に気取《けど》られず、目的を果たすか。これにおいて伊賀者に並ぶ者はない。

小半刻《こはんとき》（約三十分）ほどで、藤川義右衛門は懐を重くして、江州屋から出てきた。

「いささか、欲張りすぎたかの」

二条通りから下って三条へと筋を曲がった藤川義右衛門は、懐から金包を取り出した。金包は小判二十五枚を束ねて和紙で封緘《ふうかん》したものだ。それが十二個、すなわち三百両を藤川義右衛門は盗んでいた。

「まあ、蔵のなかには千両箱が二十はあった。このていどなら、当分、気付きもすまい」

藤川義右衛門が笑った。

京は都である。天皇のおわす不可侵の地。仏法の守護する聖地。江戸に次いで光を浴びる土地だけに、闇もまた深かった。

「ここが木屋町《きやまち》……京の浅草《あさくさ》ともいうべきところ」

忍装束から藩士風に着替えた藤川義右衛門が、夜だというのに灯りの絶えない繁華な遊所を見回した。

「……ここがよさそうだ」

なかでも寂《さび》れた古い見世《みせ》を藤川義右衛門は選んだ。

「おいでやす……どちらさんどすか」

下足番の親爺が、藤川義右衛門の顔を見て首をかしげた。

「客だ」

「初めてのお方ですかいな。あいにく、うちは一見さんお断りいたしておりますよって。どうぞ、他所《よそ》さんへお出ましを」

慇懃《いんぎん》な態度ながら、はっきりと下足番が拒んだ。

「紹介があればよいのだろう」

「それは失礼をいたしました。で、どちらさんのご紹介で」

下足番の対応が変わった。木で鼻をくるような対応をして、紹介者に恥を掻かせるわけにはいかなかった。

「紹介状を出す」

そう断って藤川義右衛門が、懐に手を入れた。懐のなかで金包を一つ破き、小判を十枚取り出す。

「これが紹介状だ」

「……これは」

下足番が唖然とした。

「これほど確かな相手はなかろう」

藤川義右衛門が告げた。

「あと、これはそちへの心付けだ」

下足番が気を取り直す前に、藤川義右衛門はその懐へ小判を二枚放り込んだ。

「ひえっ」

小判一枚で庶民四人が一月は生きていける。小判二枚は大金であった。

「主に取り次いでくれ」

「お、お待ちを」

小判に圧倒された下足番が、見世のなかへ駆けこんだ。

「…………」

待つ間に藤川義右衛門は、見世の造りを確認していた。

「見世の背後に高瀬川《たかせがわ》が流れている。それを利用して逃げ出すこともできるな」

高瀬川は、京の物流を担う運河である。日中であれば、物資や材木を積んで北から南へ流れる舟や、帰りの空舟を流れに逆らって岸から縄で引きながら上るふんどし一丁の男たちが見られる。とはいえ、今は夜半を過ぎている。高瀬川は木屋町の灯りを映すだけで静かであった。

「来たか」

気配が二つ近づいてくるのを藤川義右衛門は察知した。

「どうぞ、おあがりを」

下足番を従えて玄関まで出てきたのは、あでやかな年増女であった。

「そなたは」

「女将《おかみ》の勢《せい》でございまする」

あでやかな年増女が名乗った。

「あがれということは……」

「たしかに、ご紹介をいただきましてございまする」

勢が述べた。

「結構だ」

うなずいて藤川義右衛門が、草鞋《わらじ》を脱いだ。

「どうぞ、奥へ」

勢の案内で、藤川義右衛門は奥座敷に通された。

「お酒でよろしゅうございますか。芸子はんは、何人呼びましょう」

「女は要らぬ。酒を頼もう。肴《さかな》は京らしいものを見繕ってくれ」

問われた藤川義右衛門が命じた。

「承知いたしました。仕出しになりますよって、少し手間をいただきますが」

「かまわぬ。その間の相手は、女将がしてくれるのであろう」

「わたくしのような年増でよろしいので」

少し襟元をくつろがせ胸の膨らみを見せて、艶然《えんぜん》と女将が笑った。

「そなたでなければ困る」

「あい。少しお待ちを。今、お酒を」

軽く一礼した勢が、奥座敷を出て、しばらくして戻って来た。

「ほう……」

藤川義右衛門が驚いた。このわずかな間に、勢が着替えと化粧をしていた。女将らしい落ち着いた色合いのものから、鮮やかな衣装へと変わっていた。

「昔は鳴らしたのだろう」

差し出された片口に、盃を合わせながら藤川義右衛門が訊いた。

「五年前の話ですよって」

照れながら勢が答えた。

「そちも呑め」

「いただきますえ」

勢の盃に、藤川義右衛門が酒を注《つ》いだ。

「では、よしなにの」

「ようこそのお出《い》で」

乾杯、と二人が酒を呷《あお》った。

「毒を盛らずか」

「畏れ入りましてございまする。毒味もなく、ためらうこともなく、一気に呷られました」

勢が感心した。

「懐に金があるとわかっておろう」

「はい。見たところ、金包十はございましょう」

あっさりと勢が認めた。

「その目を見こんで頼みがある」

「内容と費《つい》えによりますが、なんでおますやろ」

わざと勢が首をかしげて、幼さを見せた。

「女は怖いな」

藤川義右衛門が、そのあざとさにあきれた。

「男はんには負けますえ」

勢が膝ですり寄ってきた。

「人を雇いたい」

「口入《くちい》れやったら、三条の山城《やましろ》屋さんが……」

「わかっていて要らぬことを言うな」

表の話をする勢に、藤川義右衛門が機嫌を悪くした。

「堪忍しておくれやすな。これも決まりでっさかい」

「決まり……」

「裏には裏のしきたりがおます。旦那はんは、裏に近いお方でっしゃろが、住人やおまへん。警戒するのは当然でっしゃろ」

耳の側で勢が囁《ささや》いた。

「無駄な手間にしか思えぬがな」

「しきたりは、なんでできたとお考えどすえ」

「むっ」

反問された藤川義右衛門がうなった。

「手順を踏んだほうが、まちがいないからどすえ」

「なるほどな」

「料理も女も一手間かけたほうが、おいしゅう召しあがれますやろ」

勢がしなだれかかってきた。

「持ち金で足りるかの。手間賃が高そうだ」

藤川義右衛門があきれた。

「で、なんの人手をお望みですやろか」

ふくよかな胸を押しつけながら、勢が問うた。

「腕の立つ刺客が欲しい」

「お相手はお一人さま」

「いいや。三人だ。それぞれに腕が立つ」

「旦那はんの右目を奪うほど」

「ちっ」

不意を突かれた藤川義右衛門が緊張した。

「安心しておくれやす。わたくしに人を殺すだけの力はおへん。その証拠に……ほら、どこも柔らかいですやろ」

勢が藤川義右衛門の右手を取って、懐へ誘《いざな》った。

「止《よ》せ。右手を束縛するな」

藤川義右衛門が、手を振り払った。

「…………」

手荒なまねをされても勢は怒らなかった。

「で、もう満足か」

勢から目を離した藤川義右衛門が隣の部屋とを仕切っている襖へ声をかけた。

「これは畏れ入りやした」

襖が開いて、壮年の町人が頭を掻きながら顔を出した。

「初見のお方を知るには、女をけしかけるのが一番でございまして」

町人が藤川義右衛門の前に座った。

「勢、さがっていいよ」

「…………」

婉然《えんぜん》たる色香を一瞬で消して、勢が無言で出ていった。

「油断なさいまへんなあ」

目で勢を追いさえしなかった藤川義右衛門に、町人が感心した。

「誰だ、きさま」

「さようでございました。挨拶をまだいたしておりまへんな。この見世の主、利助《りすけ》と申しまする」

町人が名乗った。

「藩名は出さぬ。藤林だ」

藤川義右衛門は、偽名を使った。偽名のこつは、本名と似ているものを選ぶことだ。そうすれば、呼ばれたときに反応しやすくなる。

「藤林さま、確かに承《うけたまわ》りました」

利助が一礼した。

「しつこく女を寄せたが、意味はあるのか」

藤川義右衛門が問うた。

「御上《おかみ》の犬がまぎれこんで来ていないかの確認でございまして。ばれまいと必死なのか、犬というのは、こちらに合わそうとしすぎるのでございますよ。ああすれば、まず勢を押し倒すか、少なくとも乳は摑みまする。それに比して、こちらの側のお方は、いつ襲われるかと緊張なさっておられる。少なくとも己の縄張りでないところで、女に手出しするはずはございまへん。男にとって、女の相手をしているときが、最大の隙でございますから」

「なるほどな」

滔々《とうとう》と語る利助に、藤川義右衛門が納得した。

「早速ではございますが、お仕事のお話を」

「ああ。襲ってもらいたいのは三人連れの武家だ。それも旗本」

「お旗本でございますか。それはいささか高《たこ》うつきまする」

淡々と利助が応じた。

「京都所司代役屋敷に三日前に着いた旗本の水城とその従者一人、随行の御家人《ごけにん》一人。この三人を片づけてもらう」

藤川義右衛門が詳細に告げた。

「腕は立ちますな。藤林さまが仕留めきれないほど強いと」

「…………」

勢と同じことを言われた藤川義右衛門が、不機嫌な顔をした。

「ああ、すんまへん。そんなつもりやおへんでしたが」

利助が詫びた。

「よい。事実だ」

藤川義右衛門が許した。

「三人はいつも一緒」

「ああ。水城を守るためにな」

「お役人が京へお見えとは、赴任ですか」

「いや。使者として来ただけだ。京にはそう長くはおるまい」

問うた利助に、藤川義右衛門が首を左右に振った。

「となると急ぎになりまんな。割り増しをいただきますが、よろしいんで」

「よいと言いたいところだが、懐にある金で足りぬでは困る。幾らだ」

藤川義右衛門が訊いた。

「急ぎで相手は強い。最低五人は要りまんな。次第によってはほとぼりを冷ますために、しばらく京から離さねばなりまへん。それも入れて、百五十両」

「百五十両か。高いな」

「こっちも命がけでっさかい」

利助は悪びれなかった。

「わかった」

うなずいた藤川義右衛門が、懐から金包を六つ出した。それに三十両を足して百八十両にする。

「とびきりの五人を用意してくれ。確実に仕留めてもらわねば困る」

藤川義右衛門が強く言った。

「少し手間がかかりまっせ。さすがにそれだけの数の腕利きを五人も集める。すぐには用意できまへん」

利助が困惑した。

「そのための金だ。追加の分は、そなたへくれる」

「……わかりました。そこまで気を使っていただくならば、こちらも動きまひょ」

利助が金を受け取った。

「三日でできるか」

「なんとかいたしまひょ。これでも京の裏ではちょっとした顔で」

念を押した藤川義右衛門に、利助が胸を張った。

「頼んだぞ」

「お受けしやした。どうでおます。勢を抱いてみはりまへんか」

引き受けたと言った利助が、下卑《げび》た笑いを浮かべた。

「そなたの女であろう」

藤川義右衛門があきれた。

「いいえ。娘で」

「…………」

あっさりと告げる利助に、藤川義右衛門が沈黙した。

「闇で生きるのに、女も男もおまへん。どちらも身体を張らんと」

利助が表情を消した。

「たしかにの」

藤川義右衛門も同意した。

「では、遠慮なくいただこう」

これも試しだと藤川義右衛門は悟った。娘を抱くことで弱みを一つ見せる。と同時に、そうと知りながらつきあうのが、信用の一つになると読んだのだ。

「はい。わたくしはこれで。あちらに夜具を用意してございますれば」

先ほど勢が消えたほうを手で示して、利助が平伏した。

二

聡四郎は、京都所司代との面会をふたたび求めた。清閑寺中納言からの求めに応じるには、力不足だとわかったからであった。

「いかがいたした」

京都所司代は閑職である。と同時に老中になるための勉学で忙しい。少し待たされた聡四郎の前に、水野和泉守が嫌そうな顔で現れた。

「ご多用中を畏れ入りまする。昨日……」

聡四郎は面会を求めた理由を語った。

「近衛を除くすべての公家を纏《まと》めるだと……根回しの金が要るぞ」

一層、水野和泉守が頬をゆがめた。

「公家衆は家禄が少ないからか、欲深い」

水野和泉守が嘆息した。

「百石足らずの公家を動かすに、数十両かかることもある」

「それはあまりに」

一年で百石は、およそ四十五両の収入になる。年収の半分近い金を欲しがるという公家に、聡四郎はあきれるしかなかった。

「なにより公家は数ではない」

一層水野和泉守が顔をしかめた。

「五摂家、清華《せいが》、名家《めいか》、羽林《うりん》、このあたりを押さえねば、下級公家を何百手に入れようが、意味はない」

「そのあたりになると金額も……」

「跳ねる。五摂家に挨拶するだけでも百両単位で金が飛ぶ。こちらに付かせるとなれば、相当な出費になるぞ」

「五摂家でも一条さまはこちら側でございましょう」

「一条さまが動けば、最近血をかわしたばかりの、二条、九条《くじょう》、鷹司《たかつかさ》の三家もあるていどの金でなびいてくれようが……残りの近衛が難しい」

水野和泉守が腕を組んだ。

「近衛の姫が天英院さま。もし、竹姫さまが御台所になられたならば、大奥を出てどこぞの寺へ入られることになりまする」

聡四郎も難しいと首を左右に振った。

「娘の不利を呑ませるとなれば、かなりの金が要る。千両ではきくまいなあ」

大きく水野和泉守が息を吐いた。

「なんとかお願いできませぬか。上様には、わたくしからお話をいたしますゆえ」

「むうう」

水野和泉守が思案した。

「京都所司代に余分な金はない」

「はい」

同じ役人である。自在に動かせる余剰な予算を与えてもらえるほど、幕府勘定《かんじょう》方《かた》が甘くないことは、よくわかっていた。

「……しかし、上様のご要望はなによりも大事である」

「仰せの通り」

聡四郎は身を乗り出した。

「…………」

じっと水野和泉守が、聡四郎を見つめた。

「承知いたしております。ことが終わり、江戸へ戻りましたおりには、水野和泉守さまのご尽力を上様にお話しいたしまする」

聡四郎は、水野和泉守の功績を吉宗に伝えると保証した。

「頼むぞ」

水野和泉守が念を押した。名前ばかりの京都所司代で、一筋縄ではいかない公家の相手をしているのも、老中に出世したいからである。老中になれば、執政としての権、名誉だけでなく、余得も入る。

「では、我が家から出しておこう」

私財を出そうと水野和泉守が告げた。

「かたじけのうございまする」

聡四郎は深謝した。

「誰と誰を取り込めばよい」

水野和泉守が問うた。

「…………」

金を渡す相手を訊くということは、聡四郎に金を預けないとの意思表示であった。裏工作のすべてを水野和泉守に取り仕切られてしまう。聡四郎は口ごもった。

「どうした。なにか都合が悪いのか」

聡四郎が黙り込んだ理由を理解していながら、水野和泉守は白々《しらじら》しい顔で問うてきた。

「……いえ」

身分の違いだけでなく、金のこともある。聡四郎は不満を呑みこんだ。

「一条さまはこちらに与《くみ》しておられますゆえ、あえてなにもなされずともよろしいかと。あと、近衛さまはどうやっても敵でございましょう。端《はな》から話にならぬと思われまする」

「なるほどの。となれば、周りを固めなければならぬ。なんとしてでも他の摂関家を味方に取りこまねばの」

「初手はそれで」

「残るは清華、名家、羽林だが、このあたりは数も多く、誰がどうどなたと繋がっておられるかがわかりにくい」

水野和泉守が嘆息した。

「そのあたりは、一条さまからご指示をいただくしかございますまい」

聡四郎も難しいと応じた。

「であるな。では、誰に話を通すかを一条さまより、伺ってきてくれ」

「承知いたしました」

あからさまな使い走りであるが、金を出してもらうのだ。聡四郎は引き受けざるを得なかった。


一条兼香《かねよし》は、まだ二十四歳になったばかりである。跡継ぎのいなかった一条兼輝《かねてる》のもとへ鷹司家から養子に入り、十四歳で家督を相続、五摂家の当主として順当に官位をあげ、今従二位権大納言の席にあった。

権大納言といえば、御三家の当主に等しい官位であり、大臣には及ばないが、そこは一条である。名家や羽林が、老齢になってようやく届く地位に若くして就任し、その勢威をおおいに張っていた。

「所司代の水野和泉守より、お目通りをとの願いが出ております る」

雑掌の報告に、一条兼香は、鷹揚にうなずいた。

「そろそろ来るころじゃと思っておった。いつなりとてもよいと申せ。ああ、朝のうちは参内《さんだい》があるゆえ、遠慮させよ」

「はっ」

雑掌がさがっていった。

「やっと参ったか」

一条兼香がつぶやいた。

「遅すぎるの。将軍はもう少し果断だと思っておったが、存外じゃ」

「男はんは、そんなもんですえ」

隣に座っていた若い女が、一条兼香に笑いかけた。

「御前もそうでございました」

「言うな。あれは麿がまだ十四歳と幼かったからじゃ」

艶然と笑う女に、一条兼香が苦い顔をした。

「女の初めては恐ろしいものでございますが、男はんの初めても、なかなか踏み込めぬもの。女のここに歯は生えておりませんのに」

一条兼香の制止を気にせず、女が続けた。

「…………」

「ふふふふふ」

女が笑いながら、一条兼香の背中にしなだれかかった。

「よさぬか」

口ではそう言いながら、一条兼香は女のなすがままであった。

「男はんの初恋というのは、そういうものでございますよ」

一条兼香より少し歳上に見える女が、耳元で囁いた。

「将軍が恋……なんともはやおもしろきよな」

一条兼香が口元を緩めた。

「男はんにとって、最初の女は終生忘れへんと申しますし……わたくしも御前の心に残れてますやろか」

「忘れようもないわ。ずっと側におるではないか」

「はい」

うれしそうに女が首をかわいく上下に振った。

公家や名門の武家には、跡取りの男子に女を教える役目があった。これは子孫を残さなければならない嫡男が、いきなりなにも知らない名家の姫を嫁にもらい、閨ごとに及ぼうとしたときに、初めての妻が恐怖や痛みで暴れたことで失敗し、その後女嫌いになっては困るからであった。

そうならないように、経験のある女をあてがい、女の身体の取り扱いかたを教える習慣があった。

乳母子《めのとご》あるいは夜伽《よとぎ》女などと呼ばれた女は、家臣筋の後家《ごけ》や、嫁《い》き遅れた年増から選ばれた。万一、その間に子ができたときは、主家ではなく、女の実家の子供として育てられる。これも一つの忠義であった。

「まったく、女にはかなわぬ」

一条兼香があきれた。

「今頃気づかはったんどすか。男はんは、女子《おなご》のここから生まれてきはるんどすえ」

女が一条兼香の手を裳裾《もすそ》のなかへと導いた。

「昼間から、冗談《てんご》をしいな」

口ではそう言いながら、一条兼香はそのままの姿勢でいた。

「竹に将軍は操れるか」

指を動かしながらも、一条兼香の声は冷静であった。

「無理どすやろなあ。竹さまは、まだ十三歳手入らずですやろ。とても閨で男はんを遊ばせることはできまへん」

密《ひそ》かどころをいじられながら、女が告げた。

「鈴音《すずね》に教えさせるわけにはいかんか」

一条兼香が女に問うた。

「あきまへん。鈴音も手入らずですよって」

女が首を左右に振った。

「幼い竹の代わりに将軍の精を受けさせるため、江戸へ下したのだぞ。処女でなければなるまい」

一条兼香が嫌な顔をした。

大奥で将軍の閨に侍《はべ》るには、処女でなければならないという不文律があった。もっとも後家にばかり手を出した家康という例があるので、絶対ではないはずだが、いつの間にか、そうなっていた。これも大奥で生まれた男子が、将軍の子供であるという保証のためであった。

「なんとかならんのか」

一条兼香が少しいらだった。

「もう、荒《あろ》うしたら、あきまへん。女は優しゅう扱わなあかんと最初に教えたはずですえ」

女が不満を漏らした。

「はぐらかすな。方法を申せ」

「わたくしが江戸へ参りま……」

「それはならぬ。そなたを江戸へやりはせぬ」

「御前さま……」

語気強く拒んだ一条兼香に、女の声が潤んだ。

「わたくしは参りませぬ。御前さまの側より離れませぬ。ただ、竹さまに閨ごとを教える女を江戸へ、大奥へやらなければなりまへん。女の身体を使って男を操る。こればかりは手紙で伝えられるものではございまへん。実地に見せなければ」

女の口調が変わった。

「それができる女に、心当たりがあるのか」

真顔になった一条兼香が、女の股間から指を抜いた。

「妹にお命じくださいませ」

「そなたに妹がおったのか」

言われた一条兼香が首をかしげた。

「わたくしよりも先に、輿入れしておりました」

女が理由を告げた。

「輿入れしていた……ということは、不縁になって戻ってきたのか」

「子ができませなんだので」

少し女が辛そうな顔をした。

武家よりも公家は血筋に拘《こだわ》る。嫁も婿も格の近い家から取る。だけに、あるていどときが経っても子供ができなければ、不縁にされた。

「それでも随分ともめまして。ご亭主が妾でもええから、離さへんと駄々こねはったんです。まあ、それほど閨ごとがうまいという証」

「ちょうどよいな。竹に子ができるまで吉宗を通わせねばならんのや。竹の産んだ子供が次の将軍になることが、一条家百年の基礎となる」

一条兼香も納得した。

「その代わり、御前……」

「わかっておるわ。実家への援助であろう」

女の望みをすぐに一条兼香が読んだ。

「うまくいけば、家禄を百石増やすように将軍に頼んでくれる」

「かたじけのう存じまする……が」

女がまだねだった。

「金か」

一条兼香が渋い顔をした。

「弟が、病になりまして。薬師にかからなならんようになってしまいまして」

女が一条兼香の顔を見上げた。

薬は高い。病によっては、月に薬代だけで数両要ることもある。百石内外の端公《はく》家《げ》にとって、大きな負担であった。

「わかった。ちょうどええわ。所司代からちと金をもらってやろう」

一条兼香が述べた。

三

聡四郎は使い走りとわかっていながら、京都所司代役屋敷を出た。

一条邸は御所に近い。聡四郎の足なら、あっという間であった。

「お待ちじゃ」

訪《おと》ないを入れた聡四郎は、すぐに一条兼香の前に通された。

「竹姫さま付き御広敷用人水城聡四郎でございまする」

「権大納言の一条兼香じゃ。そなた無官か」

一条兼香が、聡四郎に官位がないことを確認した。

「はい。御台所御広敷用人は、布衣格でございますが、わたくしはまだ無官でございまする」

聡四郎の役目は竹姫の用人である。竹姫は五代将軍綱吉の養女、すなわち徳川の姫になる。聡四郎の身分は、姫様用人となり、御広敷用人のなかでも御台所用人より格下になった。

「竹を軽く見ておるのかの、将軍家は」

一条兼香が冷たい声を出した。

「そのようなことはございませぬ。ただ、幕府の決まりがございまする。もちろん、竹姫さまが御台所になられましたら、ただちに布衣格の用人が付きましょう」

聡四郎は応じた。

「そこまで待てと言うか。将軍が真に竹を求めるならば、相応の扱いをしてしかるべしであろうが」

続けて一条兼香が糾弾してきた。

「…………」

聡四郎は若い公家の切りこみに違和を感じていた。竹姫の実家清閑寺の次に一条へ来たのは、後ろ盾になるとわかっていたからである。

朝廷での官位でいけば、権大納言でしかない一条兼香より、位の高い摂家はいくつもある。それらを後回しにしてまで、一条兼香のもとへ挨拶に出向いたのは、どうやって調停工作を進めていくかという、打ち合わせなのだ。

そこで厳しい言葉を投げてくるには、それだけの理由がある。聡四郎は即答をせず、しばし一条兼香を見た。

「どうした」

さすがは千年を生き延びてきた公家の一門である。聡四郎が、己の顔色を見ているとわかっていながら、まったく変化を見せなかった。

「いえ。御諚《ごじょう》はたしかに承りましてございまする。一度立ち帰りまして、江戸へその旨を報せまする。本日は、これにて失礼をいたしまする。お目通りをいただけましたこと、心より御礼申し上げまする」

聡四郎は平伏して、辞去《じきょ》の挨拶をした。

「うむ」

一条兼香が首肯した。

引き留めさえしない。聡四郎は困惑を消し去れぬままに、京都所司代水野和泉守の前に戻った。

「ずい分と早いの」

公家は動きが鈍い。ときの感覚が武家とは違う。刹那《せつな》の遅れが命にかかわる武家は、即断即決を信条としている。その武家から見れば、公家の動きは蝸牛《かぎゅう》の歩みのように見えた。その公家のもとへ行った聡四郎の早すぎる帰還に水野和泉守が怪訝な顔をした。

「じつは……」

聡四郎は会談の内容を語った。

「ほう」

水野和泉守が声をあげた。

「己の利になることを交渉してきたの」

「おわかりでございますか」

合点した水野和泉守に、聡四郎が問うた。

「ああ。そなたはわからずして当然じゃ。公家の心のうちは、まったく表とは違う。それを知るのに、余も手間取った」

水野和泉守が苦笑した。

「公家たちはな、腹が空いていても、三日なにも食べていなくても、饗応《きょうおう》の食事に文句をつけて、喰わずに帰るのだ」

「飢えていても」

「ああ。膳を蹴飛ばして座を立つ。これができぬ者は、とうに滅んでおる。公家は矜持のためなら、家族でも殺せる」

「むうう」

聡四郎はうなった。

ていた。


「では、今日の一条さまは……」

「一度、そなたを帰しても欲しいもの、あるいは、要求があるのだろうな」

さすがは公家を相手に朝廷を抑える京都所司代である。公家への対応はよくできていた。


「なんでございましょう」

素直に聡四郎は問うた。

「そなたが禁裏付《きんりづ》きだというならば、今の問いは許さぬところだが、江戸の役目ではは無理もない」

水野和泉守が前置きを口にした。禁裏付きは千石高で、朝廷の財政である内証《ないしょう》と治安を担う。定員は二名で、与力、同心が付随した。

「公家が幕府に、いや武家に求めるものは、ただひとつ。金じゃ」

「金……」

直截《ちょくせつ》な答えに聡四郎は戸惑った。

「ああ。身分や格は朝廷からもらう。幕府が与えるものではない。多少は、口出しをするが、基本、公家の出世は御所のなか」

水野和泉守が告げた。

「公家は武家を金蔓《かねづる》としか見ておらぬ。対等の交渉相手などと思ってもおるまいよ」

小さく水野和泉守が嘆息した。

「そなたも出世をして、ここに来ることがあればわかる。公家と武家は生涯相容《あいい》れぬ者同士だとな」

「はあ」

肯定も否定もしにくい。聡四郎は曖昧《あいまい》な相づちで逃げた。

「まあ、武家も公家の持つ権威を利用している。それ以外では邪魔にしているからな、幕府は公家を。お互いさまというやつよ」

水野和泉守が口の端《は》をゆがめた。

「……………」

これも反応しがたかった。

「一条さまに、なにか急な要りようが生まれたのだろう」

「急な要りようでございますか」

「ああ。五摂家は公家のなかでは高禄だが、出ていくものも多い。昇格に金はかからないが、血族に繋がる者たちの官位昇級の面倒は見てやらねばならぬ」

水野和泉守が説明した。

五摂家は唯一摂政《せっしょう》、関白を出せる名門である。公家のなかで突出した権威を持つだけに、婚姻や養子縁組が、そのなかでおこなわれざるを得なくなる。ようは、皆縁戚なのだ。そのため、大臣までの昇格は、互いに異を唱えない慣習になっていた。もちろん、摂政、関白といった唯一無二の高官となると話は別である。帝が幼年のおりにおかれる摂政と違い、関白は常設の職である。関白であることが、五摂家筆頭の地位を示すのだ。当然、一つの地位を奪い合うことになる。このときばかりは争うが、以外では手を組む。権大納言の一条兼香の次は、内大臣か右大臣であり、これに邪魔は入らない。

「あるいは、借財の返済を迫られたか、身内に何かあったか」

言いながら、水野和泉守が手を叩いた。

「お呼びで」

執務室と控えの間の襖が開いて、老年の与力が顔を出した。

「左内《さない》、一条屋敷に誰か商人が入ったか」

「そのような報告は届いておりませぬ」

左内と呼ばれた与力が否定した。

「そうか。もうよい。下がれ」

返事を聞いた水野和泉守が手を振った。

「今のは……」

「五摂家の出入りは見張っておる。外様の家臣が出入りするようでは困るであろう。謀反の企《たくら》みなど誰もすまいが、これも所司代の数少ない役目の一つよ。門番、いや不浄職の町方のようなまねを老中手前とされる所司代がする。なんともな」

問われた水野和泉守が自嘲した。

「ご心中お察しいたしまする」

水野和泉守を敵に回すわけにはいかない。聡四郎は同情した。

「そなたもな。こんにゃくよりもたちの悪い公家どもの相手を命じられたのだ。それも朝廷になんの権限も持たぬ御広敷用人の身分での」

水野和泉守が哀れんだ。

「商人が出入りしていないとあれば、借財の返済ではないと」

聡四郎は話をもとに戻した。

「公家で金を借りていない家は、まずない。一部、芸事の家元である公家には、裕福な者もおるが、そのほとんどは、借財漬けじゃ。我らも言えた義理ではないがの」

「はい」

聡四郎も同意した。

幸い、役職に就いているおかげで水城家には借財はない。だが、旗本で無役の者は、まず商人から金を借りていた。

「よく金を貸しまするな」

公家の貧乏は年季が入っている。余裕など何年経っても生まれないのだ。利にさとい商人が、利息どころか元金の返済さえおぼつかない公家に金を貸すとは、聡四郎には思えなかった。

「公家には売りものがある。血筋と名誉じゃ」

水野和泉守が言った。

「そなたは知るまいな、公家が娘を売っていることを」

「……ご冗談ではなさそうでございますが」

聡四郎は驚きを素直に表した。

「偽りや笑い話ではない。そなた、金を持った商人や力を手にした武家が、次に欲するものがなんだかわかるか」

「名前でございまするか」

「そうだ。金と力でどうしようもないもの、それが名前である。いや、こう言い換えるべきだな。伝統と」

水野和泉守が話した。

「万金積もうとも、百万石を手にしようとも、手に入らぬのが代々の家柄じゃ。百年続いた、千年の由来を誇るといった、一代ではかなえられぬもの、それが伝統であり、歴史である」

「それを公家は他人に与えられる」

聡四郎が確認した。

「そうじゃ。公家にはその手立てがある。一つが、先ほど申した娘売りよ。京では捨てるという」

「捨てるとは、また思いきった表現でございますな」

水野和泉守の言い方に、聡四郎はあきれた。

「売るとは口にできぬであろう。ゆえに捨てると言うしかない。金を持った商人や武家が、公家を訪れ、姫をくれと申しこむ。そこで公家はいくらで捨てると訊く。そして金額が折り合えば、公家は娘を妾として渡す。捨てた娘だ。どこでどうなろうが、知ったことではない」

「勘当と同じようなものでございますな」

武家で勘当といえば、一族から籍を抜かれることをいい、その届けが出た後は、なにをしでかしても巻きこまれない。公家でも同様であった。

「うむ」

うなずいた水野和泉守が、声を重くした。

「豊臣秀吉公を引き合いに出さずともわかろうが、男というものは身分が上の女を欲するところがある。身分高い姫を組み敷くことで、己をそれ以上だと思いこむ」

「なんともはや……」

聡四郎には思いもつかない。なにせ、聡四郎の妻紅《あかね》は、口入れ屋の伝法《でんぽう》な娘なのだ。初対面で、聡四郎を馬鹿呼ばわりした女を妻にした。紅が吉宗の娘となろうが、町娘のままであろうが、まったく気にしていなかった。

「そしてもう一つの売りものが、系図《けいず》よ」

「系図買い」

すぐに聡四郎は思い当たった。

「そうじゃ」

はっきり水野和泉守が首肯した。

「金で縁もゆかりもない者を、系図の隅に書き入れる。これで出もなにもわからぬ者が、いきなり名門の末裔《まつえい》だ」

水野和泉守が淡々と告げた。

「………」

これにも聡四郎は返答を避けた。まず、どこの武家もこれをしていた。徳川家ももとは藤原《ふじわら》氏を称していたが、家康の代で源氏《げんじ》に変わった。これは、源氏でなければ、幕府を開けないとわかったからだと言われている。

また、聡四郎の家も甲州《こうしゅう》源氏の末を自称していた。

「この二つがあるかぎり、公家は生き延びる」

そう断言したあと、水野和泉守が続けた。

「ただし、これはそこいらの端公家の話であり、五摂家は違う。摂関家ともなれば、このようなまねはできぬ。格が高すぎるのだ。摂関家の姫を町人風情が妾にするなど、傲慢《ごうまん》すぎる。いかに格上の女を制圧してみたいといったところで、限度がある。畏れ多すぎて、まずできぬ。できたとしても、どれほどの金を用意すればよいのか、想像もつくまい」

「たしかに」

聡四郎も同意した。

「系図買いも同じよ。そこいらの町人やさほど名のある武家でもない者が、じつはわたくしは、五摂家の一つ、一条の流れを汲《く》むものでございなどとある日突然言いだしたところで、誰が信用するか」

「いたしませぬな」

聡四郎も納得した。

「ゆえに、面倒なのよ、五摂家の要求は。己ではどうしようもないだけに執拗《しつよう》である。かといって、身分があるゆえ露骨に要求してこぬ。いかほど要りようか、あきらかにしてくれれば、こちらも楽なのだが……」

小さく水野和泉守が首を振った。

「聞き出せませぬか」

「五摂家はとくに矜持が高い。弱みを決して見せぬ。こちらで推察して、頼みこむようにして金を受け取ってもらうしかない」

「頼みこんで……」

聡四郎はあきれた。金を借りるほうが気を使う。それが世の常である。だが、公家はその逆だと水野和泉守は言った。

「こちらが適当な金額を持参しては、かえって悪いのだ。足りなければ、臍《へそ》を曲げる。多いと図に乗る。公家とはなんとも難しいものだ」

水野和泉守がため息をついた。

「そこをなんとかお願いいたしまする」

「わかっておる。上様のお気持ちは察しておる」

願う聡四郎に、水野和泉守が首肯した。

「あらためて呼び出すまで、そなたは京でも見ておれ」

水野和泉守が手を振った。

四

藤川義右衛門は、あれ以降利助の見世に滞在していた。

「旦那はん」

身体を重ねて以来、ずっと側に付いている勢が耳元で囁いた。

「お目にかかっていただきたい者どもがおりますねん」

「やっと集まったか」

「あい」

応えた藤川義右衛門に、勢がうなずいた。

「お父《とう》はん」

首だけで振り向いた勢が、襖の向こうに声をかけた。

「ああ」

返答とともに、襖が開いた。

「藤林さま。この者たちでございまする」

利助の後ろに五人が座っていた。

「おい、こういうことは、頼んだ者の顔を教えぬのが普通ではないのか」

藤川義右衛門が機嫌を悪くしてみせた。

「普通は、そうでおまんな」

利助が認めた。

「…………」

殺気をこめた目で藤川義右衛門が、利助を睨みつけた。

「わたくしも今年で還暦をこえました。闇でここまで長生きできるのは希有なことでございましてな」

「なんなら、今すぐその生を終わらせてやってもよいのだぞ」

藤川義右衛門が述べた。

「せっかくここまで来ましたので、もう少しこの世の先を見てみたい。そう思うようになりました」

脅しを気にせず、利助が話を続けた。

「でまあ、この見世を譲る相手をそろそろ決めようかと思いまして」

「跡継ぎ……勢の婿か」

「へい」

利助が首肯した。

「この五人が、わたくしの手のなかでは技量が優れた者たちで。このなかから跡継ぎを選ぶつもりでおりましたが、藤林さまにお会いして少し考えが変わりました。技だけではやっていけないのが、まとめ役というやつでございましてな」

利助がもう一度、後ろを振り向いた。

「……………」

無言ながら、男たちの気配が剣呑《けんのん》なものに変化した。

「そこで、今回の仕事で生き残った者を跡継ぎにすることにいたしました」

「別段、吾にはかかわりがないぞ」

藤川義右衛門が怪訝な顔をした。

「あなたさまにもご参加いただこうと」

利助が告げた。

「馬鹿を言うな。己でできることならば、誰が金を払って依頼などするものか」

藤川義右衛門が反論した。

「勢の望みでございまして」

娘に利助が目をやった。

「なぜだ」

「旦那はんに惚れましてん」

問われた勢が告げた。

「嬢《じょう》はん」

五人の男の先頭に座っていた壮年の男が、太い声を出した。

「なんだい、忌蔵《きぞう》」

勢が甘さを消したきつい口調になった。

「あっしが、跡継ぎだったはずでござんすが。いつ、そんなどこの馬の骨かもわからねえやろうになったんで」

忌蔵が文句を付けた。

「一昨日だよ」

あっさりと勢が告げた。

「度胸、腕、どれをとっても、おまえより三枚上手《うわて》だよ」

勢が藤川義右衛門の手を握った。

「そうですかい。ならしかたねえ」

あっさりと忌蔵が退いた。

「ですが、親方の言われることは絶対だ。目標を仕留めた者が、おめえの旦那になって、見世をもらう。これは承知だな」

勢への言葉遣いを忌蔵が変えた。

「わかっているよ。あたいは、生まれたときから闇にいるんだ。今更、出ていこうなんて思いやしない」

勢も受けた。

「というわけでございまして」

「なにが、というわけだ」

利助に藤川義右衛門が、嘆息した。

「勝手にやってくれ」

藤川義右衛門は、参加しないと手を振った。

「…………」

それに利助は反応しなかった。

「けっこうだ。結果を出せばすむことよ。おい、皆行くぜ」

藤川義右衛門を一度睨んで忌蔵が腰を上げた。

「忌蔵、江戸から流れて来て十年にならないおまえが仕切るんじゃねえ」

すぐ後ろに座っていた浪人者が、反発した。

「おめえが頭じゃねえんだ。このうちの誰でも、跡継ぎになれるという親方の指示だろうが。勢の婿はおまけだろう」

浪人者が言った。

「ほう、市松《いちまつ》。おいらに刃向かうというわけだ」

忌蔵が睨んだ。

「見世がかかっているのだ。命がけになって当然だろう」

市松と呼ばれた浪人が、言い返した。

「このまま道具として使われていたんじゃ、そうそう命ももたないだろう。だったら、この好機を逃がすわけにはいかねえ。親方の座と娘が手に入るんだ。生涯安泰よ」

市松が述べた。

「わかった。なら、てめえはてめえでやりやがれ。今から、敵同士だぞ」

忌蔵が市松に厳しい目つきをした。

「で、てめえらはどうする」

残りの三人に、忌蔵が睨みをきかせた。

「兄いに従いやす」

「あっしも」

「うちも兄さんに」

二人の男と一人の女が忌蔵に頭を下げた。

「いい判断だ。おいらが親方になったときには、いい思いをさせてやるぜ」

満足そうに忌蔵が言った。

「勝手にやっていろ」

目の前でおこなわれている争いに藤川義右衛門が、横を向いた。

「…………」

「ああ」

うなずいた勢に、利助が小さく笑った。

京の町を見ておけという水野和泉守の助言を聡四郎は実行した。

「少し別に動いてもよろしいか」

山崎伊織が京都所司代役屋敷を出たところで足を止めた。

「かまわぬが、どこへ」

「一条さまの屋敷へ忍んでみまする」

訊いた聡四郎に、山崎伊織が告げた。

「……見つかるようなまねは……ないな」

聡四郎は許した。手詰まりを解消するためならばと藁《わら》にもすがる思いであった。

「では、明日の朝には戻りまする」

山崎伊織が、離れていった。

「よろしいので」

従者らしく、口を挟まずにいた大宮玄馬が問うた。

「うまくいってくれれば、この手詰まりを終わりにできる。いかに竹姫さまのご用事であるとはいえ、上様はお待ちくださらぬ」

「……それは」

将軍批判に繋がりかねない。大宮玄馬は詰まった。

「さて、こちらも動こう。京を知るには、公家と町人だな」

聡四郎が歩き出した。

京にも武家はいる。御所の警固を担う禁裏侍、御所の治安を担う禁裏付き、京都所司代、京都町奉行所などの他に、諸藩の京詰めも少なくない。

だが、武家の都である江戸には比すべくもなかった。町を歩いていても武家をほとんど見かけないのだ。

「江戸よりも庶民に力がないようだが」

周りを見た聡四郎が首をかしげた。

「それだけ京に活力がないということでございましょう」

大宮玄馬が答えた。

「千年の都の実態は、江戸に力を奪われたところだと」

「…………」

無言で大宮玄馬が肯定した。

「たしかに江戸と違い、四方を山に囲まれている京は、拡がりようがない」

江戸は広大な平野の隅にある。開拓すれば、かなり大きくなる。事実、幕府によって、江戸湾は埋め立てられ、新宿《しんじゆく》、板橋《いたばし》と町並みは拡がっていた。

「千年もここに都があれば、もう限界でございましょう」

「そうだな。人は限界を見たとき、努力をあきらめるものだ」

聡四郎も同意した。

「江戸もいつかそうなるのであろうか」

「上様が、そうなさいますまい」

大宮玄馬も吉宗とは会っている。

「たしかにな。ただ、果断なお方だ。やりすぎられねばよいが」

聡四郎は嘆息した。

吉宗が目指しているものがなにか、聡四郎にもおぼろげながらわかっている。事実、勘定吟味役《かんじようぎんみやく》をしてきた聡四郎は、幕府がどれだけ巨大な無駄遣いをしているか、目の当《ま》たりにしてきた。

天下を取ったとはいえ、幕府は徳川と一体なのだ。徳川家はたしかに将軍で最大の大名には違いないが、その所領は四百万石をこえるくらいで、全国の半分にも及んでいない。

それで徳川家の内政をこなしつつ、天下の政もおこなわなければならないのだ。とても余裕などなかった。

なのに、幕府はまるで金のなる木を持っているかのように、浪費を重ねてきた。聡四郎の縁深い大奥だけを見てもわかる。

三代将軍家光のとき、春日局の居所として作られたに等しい大奥は、その後五代将軍綱吉のときに、大改築をおこなった。女中たちが生活する長局《ながつぼね》の方向を直角に回転させるという、ほぼ一から建て直すに等しい普請《ふしん》は、数十万両というとてつもない金額を投じてなされた。

歴代将軍のなかでもっとも浪費の激しかった綱吉の後を受けた家宣は、当初大奥の緊縮を公言していた。

しかし、将軍になってすぐ、家宣は方針を撤回、なんと綱吉の建てた大奥に手を入れ、十万両を使ってさらに豪奢《ごうしゃ》なものへと変えた。

新築して十年に満たない期間で、建物が老朽化するはずもない。これは家宣が、御台所熙子、嫡子鍋松を大奥に入れたために起こったことであった。

正室と息子を大奥は人質に取ったのである。大奥を敵に回すと、二人になにがあるかわからない。それに家宣は気づいてしまった。

事実、綱吉の嫡男徳松は、神田館から大奥へ入って死んだ。また、表沙汰にはなっていないが、綱吉は大奥で死去している。

家宣が震えあがったのも無理はないが、結果幕府はまた無駄な普請の代金を支払わなければならなくなった。

これらを吉宗は変えようとしていた。

「戦って天下を取ったのだ。戦場に礼儀礼法、慣例など不要。前例通りに軍を動かして、戦に勝てるか」

吉宗は、将軍になるとき、そう宣言していた。

「行事ごとに小袖、打ち掛けを新調するなど、狂気の沙汰としか思えぬ」

御広敷用人になって、聡四郎は目を剝《む》いた。

五百五十石の旗本である聡四郎でさえ、新しい衣服など何年も仕立てていない。妻の紅《あかね》には、年に一度ほど小袖を誂《あつら》えてやるが、それもたいした値段のものではなかった。

「それも一枚が百両をこえる。それが行事ごとに何十枚だ。上臈《じょうろう》以下の者は、己の金で誂えるので文句はないが、天英院さまと月光院さまのぶんは、幕府、正確には徳川家が支払っている。お二人の衣装代だけで、年間千両をこえるのだ」

「千両……」

大宮玄馬が絶句した。

千両といえば、二千石の旗本の年間収入に等しい。しかも、家臣の禄から、生活の費用などすべてを含んでのものである。純粋に衣装に千両を出せる余裕を持つのは、十万石以上の大名でなければ難しい。

「一度着た小袖は二度と身につけない。これが大奥女中の矜持だそうだが、そんなもの犬にでも喰わせればいいと吾でも思う」

「……はい」

大宮玄馬も首を縦に振った。

「大奥だけでもこれだ。他のところまで入れれば、幕府が毎年捨てているに等しい金は、万両をはるかにこえる。こんなことを続けていれば、幕府はもたぬ」

「…………」

主君の言葉とはいえ、武士として幕府崩壊という話に同意はしにくい。大宮玄馬は黙った。

「わかる。わかるのだがなあ……」

聡四郎は嘆息した。

「上様は、他人《ひと》を思いやられぬ。人を使えるか、使えないかだけでご判断なさる。そこに情はない。情が入る余裕などないといえば、その通りなのだが……」

小さく聡四郎は首を左右に振った。

「抜擢《ばってき》されれば、過酷な任が待つ。使えぬと思われれば、弊履《へいり》のごとく捨てられる。これでは安心して仕えておれまい」

聡四郎は使えると思われた口である。

八代将軍の座を争う戦いに勘定吟味役だった聡四郎は巻きこまれた。金こそ、天下を握るものと理解した吉宗に目を付けられたのである。聡四郎の想い人だった紅を養女という人質に取った吉宗が、勝利を得て八代将軍になった。それに合わせて、宮仕えに疲れた聡四郎は役目を退いた。もう、政争にかかわるなど御免だった。

しかし、吉宗から道具として役立つと見られた聡四郎は、ふたたび召し出された。旗本であるかぎり、将軍の命にはさからえない。

「金の次は女じゃ」

吉宗はそう言って、聡四郎を大奥の番人、御広敷用人に据えた。

「勘定吟味役も辛かったが、まだできた。ようは、金の勘定をしたことがなかっただけだったからな。しかし、女は違う」

「女は違いまするか」

大宮玄馬が問うた。

「ああ。金の動きは見つけやすい。理か利で金は動くからの。だが、女はまったく違う。もちろん、理や利でも動くが、それ以上に好悪でものごとを決める」

聡四郎は続けた。

「好悪がものごとの判断になる。これほど読みにくいものはない。そのうえ、一瞬で変わるのだぞ。昨日まで好きだった者が、今朝は嫌いになっている。それならまだいい。憎悪に変わっていることも多々ある」

「…………」

大宮玄馬が息を呑んだ。

「紅はまだましなほうじゃ。いささか感情を露《あら》わにしすぎるが、無茶なことは言わぬ」

「よき奥方さまだと存じまする」

はっきりと大宮玄馬もうなずいた。

大宮玄馬も紅とのつきあいは長い。今でも、水城家の長屋に一人住まいしている大宮玄馬を紅はよく気遣ってくれている。独り身では食事も大変だろうと、台所で三食出してくれていた。

「ああ、女の悪口を言ったわけではないぞ。女がいなければ、世のなかは回らぬ。男は女を得て、初めて一人前になる」

「はあ……」

あいまいな返答を大宮玄馬がした。

「玄馬も、そろそろ嫁をもらわねばならぬな」

聡四郎が話題を振った。

「とてもとても。まだまだ未熟でございますゆえ」

大宮玄馬が首を横に振った。

「なにを申すか。そういえば、いくつになった」

「今年二十四歳になりましてございまする」

問われた大宮玄馬が答えた。

「よき年頃よな」

「なかなかに」

大宮玄馬が気乗りしないと応じた。

「禄に不足か」

「とんでもないことを」

聡四郎の言葉に、大宮玄馬が憤った。

大宮玄馬に聡四郎は五十俵を与えていた。五百五十石の旗本の家士で五十俵は破格であった。一万石の大名の家中でも五十俵といえば、かなりよいほうになる。

「すまなかった」

怒る大宮玄馬に詫びた。

もともと大宮玄馬は八十俵の御家人の三男であった。一放流入江無手斎《いっぽういりえむてさい》道場の同門として出会い、勘定吟味役になった聡四郎の危機に大宮玄馬が加勢、その流れで水城家の家士になった。

言うまでもないことだが、八十俵の御家人の三男など不遇を絵に描いたようなものである。まず、分家はない。八十俵を分けてしまえば、本家まで喰えなくなる。かといって養子の口は難しい。

よほど学に優れるか、剣名が高いなどすれば声もかかる。が、どれほど腕が立とうとも、入江道場のような無名道場では、世間は認めてくれなかった。

「……玄馬」

聡四郎が静かな声を出した。

「袖《そで》はどうするのだ」

「……それは……袖は殿のお命を狙った女でございますぞ」

言われた大宮玄馬が、あわてて否定した。

「吾は生きている」

「結果でしかございませぬ。一度でも……」

「あやまちを犯した者は、二度と浮かべぬというのか」

厳しく聡四郎が口調を変えた。

「…………」

「無理強《じ》いはせぬが、そなたの望みを、本心を考えてくれ」

「殿……」

大宮玄馬が聡四郎を弱い眼差《まなざ》しで見上げた。

第三章　公家と武家

一

山崎伊織と分かれた聡四郎、大宮玄馬は、お上《のぼ》りさんよろしく、寺社仏閣を見物していた。

「見事なものでございまする」

建仁寺《けんにんじ》、南禅寺《なんぜんじ》などの名刹に大宮玄馬が感動した。

「だが、こうも多いと、いささかありがたみに欠ける」

聡四郎は居並ぶ山門に気圧《けお》されていた。

「たしかに」

大宮玄馬が同意した。

江戸にも巨大な寺院はある。徳川家の菩提寺増上寺《ぼだいじぞうじょうじ》、徳川家の祈願寺寛永寺《かんえいじ》、浅草寺《せんそうじ》など、京に優《まさ》るとも劣らない寺社はある。だが、町屋を圧するほどの数ではなかった。これは山に囲まれて、これ以上拡張されない京と、いまだに拡がり続ける江戸の差でもあった。

「思ったよりも人はおりませんな」

大宮玄馬が知恩院《ちおんいん》の山門を出ながら首をかしげた。

「江戸の浅草寺など、歩けないほどの参拝客でごったがえしておりますのに」

周りを見渡しながら、大宮玄馬が言った。

「もの珍しくもないのであろう」

聡四郎は応じた。

「寺社が並ぶこのあたりはさほど人の姿を見ぬが、祇園《ぎおん》や木屋町などは、相当な人通りであった。やはり人は信心よりも、快楽なのだろう」

「楽に落ちるものでございますか」

大宮玄馬が難しい顔をした。

「ああ。水が低きに流れるように、人は楽に落ちるものだ」

聡四郎は首肯した。

「そなたも見てきたであろう。途中で挫折して消えていった同門を」

「……はい」

小さく大宮玄馬がうなずいた。

剣術の修行はつらい。何年も何年もかかってようやく進歩が見られるていどであり、すぐに結果が出るものではないからだ。

進歩が見えれば、まだ張り切りようもあるが、なかなかそれが見えてこない。当たり前である。周囲にいるのは、己よりも上の者ばかりで、いつまで経っても追いつけない。

己が進んだぶん、相手も進化している。

ときは誰にでも平等である。そしてこれほど残酷なものはない。己ががんばっている間、相手が遊んでいてくれれば、差は縮まる。だが、そうでなければ、いつまで経っても追いつけない。そもそも先達に追いつこうと思うならば、他人の倍努力しなければならない。それこそ、寝る間も惜しんで剣を振り続けなければならなくなる。

結果耐えきれず、断念してしまう者が毎年出る。剣術だけでなく、すべての修行で同じことが起こっていた。

「僧侶も同じであろう」

居並ぶ名刹を見ながら、聡四郎は続けた。

「小僧のころから、日が昇る前に起き、冬でも薄い衣一枚で耐え、腹一杯食事できず空腹を抱えて我慢をする。辛い日々を何十年と重ねたところで、住職になれるのはたった一人。修行とは孤独なものであるな」

「はい」

大宮玄馬も同意した。

「ところで、そろそろ出てきたらどうだ」

聡四郎は足を止めて振り向いた。

「…………」

黙って大宮玄馬が、聡四郎の前に出た。

「お気づきとは、畏れ入るぜ。他人目《ひとめ》のないところで襲おうと思っていたが、そのじつは、誘い出されていたとはなあ」

少し離れた竹林から、忌蔵が姿を現した。

「何者だ」

油断なく太刀の柄《つか》に手をかけながら、大宮玄馬が誰何《すいか》した。

「名乗るほどの者じゃござんせんよ。それに名乗ったところで意味がございやせんからねえ。冥途《めいど》の土産にあっしの名前じゃ、侘《わ》びしすぎましょう」

忌蔵が笑った。

「刺客か。最近、何ごともなくすんでいたのだがなあ」

聡四郎が嘆息した。

「狙われるだけの理由をお持ちのようでござんすねえ。なら、是非に及ばずというやつでござんしょう」

「『信長公記《しんちょうこうき》』から引用とは、なかなか学があるな」

本能寺《ほんのうじ》の変で、襲撃してきたのが明智光秀《あけちみつひで》だと知った信長が遺《のこ》したとされる有名な言葉を忌蔵が口にしたことに、聡四郎は驚いた。

「これが京というやつで。武張《ぶば》った江戸とは違いまっさ」

忌蔵が胸を張った。

「三人やと聞いてましたんで、いつ合流するかと待っていたんですがね。そちらから声をかけていただいたとなれば、話は別」

忌蔵が手をあげた。

「…………」

無言の男二人が忌蔵に続いて出てきた。

「三人で二人をやるだけや。随分と楽になったでえ」

「ああ」

「ですなあ」

二人の男も喜んだ。

「抵抗せえへんかったら、楽に成仏できますで。寺も近いし。死んだら、山門のなかへ投げこむくらいはしてさしあげますよってに」

忌蔵が無理な京言葉を使って嘲笑した。

「こちらを上役人と知っての狼藉《ろうぜき》とあれば、やむを得ぬ。玄馬、遠慮は要らぬ」

「端からするつもりはございませぬ」

大宮玄馬が断言した。

「あやつができるらしい。なんとかして二人で抑えこめ」

忌蔵が二人の男に指示した。

「おうよ」

「承知した」

二人の男が左右に散った。

「知られている。当然か」

大宮玄馬の腕を警戒している刺客に、聡四郎は驚きを感じなかった。

「誰が雇い主か、訊いても無駄だろうな」

聡四郎は忌蔵に声をかけた。

「いいや。金を出したのは、藤林とか名乗る侍だ」

「…………」

あっさりと答えた忌蔵に、聡四郎は一瞬啞然とした。

「いろいろあってな」

忌蔵が苦笑した。

「そうか」

聡四郎は納得した。

「殿、藤林とは、伊賀の」

「ああ。郷忍の長《おさ》がそういう名前であったな。たしか、袖が申していた」

大宮玄馬の話に、聡四郎は首を縦に振った。

袖とは、伊賀の郷の女忍であった。藤川義右衛門の依頼を受けて伏見《ふしみ》大社で聡四郎たちを襲い、返り討ちにあった兄の仇討ちをするために江戸まで来た。が、襲撃に失敗し、怪我をしたところを捕まった。

「思い当たったかい。じゃあ、始めようか。山次《やまじ》」

忌蔵が合図をした。

「へい」

大宮玄馬の右に移動していた山次と呼ばれた男が、懐から手ぬぐいを出し、そこに拳ほどの石を入れて振り回し始めた。

「おいっ、こっちだ」

右に注意を向けた大宮玄馬を、左側の男が誘った。

「石を投げつけてくるやも知れぬ」

聡四郎は大宮玄馬に右への注意を怠るなと忠告した。

「承知」

大宮玄馬が返した。

手ぬぐいの端を纏《まと》めて摑み、そのなかに石を包むようにした右の男が、ますます力を入れて振り回した。

勢いの付いた石は怖い。頭、顔、喉、胸に当たれば、まちがいなく致命傷になる。腹ならば気を失うだろうし、手足なら折れる。太刀で受けてもいなしても破折する。

さらに、投げれば遠くまで届く。太刀で相手にするには、至極面倒であった。

「…………」

大宮玄馬が緊張した。

「おりゃあ」

左の男が、大声をあげた。

「気にするな。吾が見ている」

「お任せしておりまする」

聡四郎の言葉を大宮玄馬は受けた。

「山次、やれ」

「へい」

忌蔵の指示に、山次が応じた。

「しゃ、しゃ、しゃ」

一層手ぬぐいを振り回していた山次が、動いた。

「喰らえっ」

山次が手ぬぐいの片端を離した。

勢いの付いた石が、目にも留まらぬ速さで飛んだ。

「殿」

大宮玄馬が悲鳴のような声を出した。

剣術遣いは、敵の動きをしっかりと見なければ勝負にならない。大宮玄馬は、飛び出した石が、己に向かっていないと気づいた。

「おうよ」

聡四郎はすぐに反応した。摺《す》り足で、すばやく下がった。

「今だ、おゆう」

忌蔵が叫んだ。

「……………」

聡四郎が背にしていた山門の陰から、女が走り出してきた。

「きえええええ」

甲高《かんだか》い声を発しながら、女が匕首《あいくち》を腰にためてぶつかってきた。

「女を斬れるけえ、お旗本さまよお」

忌蔵が大声で笑った。

「……………」

女が勢いのまま聡四郎の背中にぶつかった。

「はまりやがった。残りは一人だ。たたみこめ」

忌蔵も手にしていた長脇差を抜いて、大宮玄馬へ向かった。

「おう」

山次が手ぬぐいを捨て、匕首を懐から出した。

「あひゃひゃ」

左の男が奇声をあげながら、大宮玄馬へ斬りかかった。

「ふん」

大宮玄馬が、左へと身を寄せた。

「あへっ」

近づいてきた男が、唖然とした。自ら白刃の下へ身を入れてくるとは思わなかったのだ。

「やあ」

大宮玄馬が膝を落としながら、太刀を突き出した。

「え……」

鳩尾《みぞおち》を貫かれた男が、わけのわからないといった表情で死んだ。

「こいつ。主人を殺されたというに、気が揺らがねえ。なんて情の強《こわ》い野郎だ」

忌蔵が驚いた。

「誰が死んだというのだ」

背中に女を張り付かせたままで、聡四郎が口を開いた。

「なにを……おい、おゆう」

平然としている聡四郎に、忌蔵が目を剝いた。

「…………」

おゆうの反応はなかった。

「武家を甘く見すぎだな」

聡四郎が一歩前に出た。合わせるように、おゆうが動いた。

「やっぱり刺さっているじゃねえか」

忌蔵がほっとした顔をした。

「脇差がな」

聡四郎が脇差の柄を前へ抜いた。脇差の刀身がすべて現れたところで、おゆうが崩れた。

「どういうことだ」

忌蔵が混乱した。

「脇差と匕首、どちらが長い」

聡四郎が問うた。

「あの瞬間に、脇差を抜いて刺したというのか……」

忌蔵が聡四郎の早業《はやわざ》に声を失った。

「殿を甘く見すぎだ」

言いながら、大宮玄馬が山次に向かって駆けた。

「あっ……」

死んだおゆうに目を奪われていた山次の反応が遅れた。

「せいっ」

大宮玄馬の太刀が、山次の喉を薙《な》いだ。

「かふっ」

喉をやられると気管に血が入り、息ができなくなる。呼吸できなければ、声も出せない。山次がこの世の最後に出したのは、口に残っていた空気を舌が押し出した音であった。

「そ、そんな」

あっという間に一人になった忌蔵が呆然《ぼうぜん》と足を止めた。

「今まで、これで失敗などしたことはなかった。剣術遣いも、公家も、所司代の与力も、五人を同時に始末したこともある。なのになぜ……」

「人数が足りぬだろう。少なくとも、女を隠し武器として使うならば、その動きに直前まで対応させぬための手立てが要る。あと一人、できれば二人で牽制《けんせい》すれば、もうちょっとは形になっただろうがな」

聡四郎が忌蔵の傲慢を断じた。

「……市松めえ」

忌蔵が叫んだ。

「もう一人いたようでございまする」

大宮玄馬が警戒を強めた。

「今さら出てくるはずもない。もう、勝負はついているのだ。よほど剣の腕に自信がなければ逃げているな」

聡四郎が述べた。

「それに、どれだけ剣の腕が立とうとも、乱戦に加わってこちらを分断する戦いの優位を捨てたような愚か者に、玄馬、そなたが負けるはずもない」

「畏れ入りまする」

主君の信頼に、大宮玄馬が頭《こうべ》を垂れた。

大宮玄馬は、一放流入江無手斎道場一の遣い手である。その才は、小太刀において一流を立てる許しを師より得たほどであった。

「わああ」

二人が喋《しゃべ》っているのを隙と見た忌蔵が背を向けて逃げ出した。

「玄馬。ここで逃がせば、庶民の難儀になる。仕留めよ」

「はっ」

聡四郎の一言で、大宮玄馬が滑るように駆けた。

「た、助けてくれ。二度とかかわらねえ。京からも出ていく。勢のこともあきらめる」

背中に気配を感じた忌蔵が、嘆願した。

「人を殺《あや》めた者は、いつかその報いを受ける。いや、受けねばならぬ」

冷たく聡四郎が宣した。

「わあああ」

逃げ切れないと悟った忌蔵が、振り向きざまに長脇差を振りまわした。

「…………」

恐怖に落ちた無頼の攻撃など、大宮玄馬に通じるものではなかった。

「ぬん」

一刀で長脇差を持つ右手を肘から飛ばし、その返す刀で首の血脈《けつみやく》を大宮玄馬は裂いた。

「……ひゅううう」

虎笛《もがり》と呼ばれる独特の音色を立てて、忌蔵の血が噴き出した。

「…………」

その末期《まつご》を聡四郎は冷静な目で見つめた。

「殿」

「ああ」

大宮玄馬の差し出した鹿皮を聡四郎は受け取り、血の付いた脇差を拭き始めた。

「和泉守さまにご報告をいたさねばなるまい」

さすがに四人を斬ったとなれば、知らぬ顔はできなかった。

「一度戻ろう」

「はっ」

太刀を納めた大宮玄馬が従った。

足早に去っていく聡四郎と大宮玄馬を、かなり離れたところから市松が見ていた。

「遠いとはいえ、切っ先が見えなかった」

市松が大宮玄馬の腕に驚愕《きょうがく》していた。

「あんなものに勝てるか」

市松が吐き捨てた。

「いくら親方の言うことは絶対だといえ、死にに行かされる義理はねえ」

難しい顔を市松がした。

「とはいえ、やるしかない。できなければ、いつまでも駒のままだ。駒のままじゃいつ死ぬかわからない日々しかない」

市松が嘆いた。

「駒から指し手への出世。二度とはあるまい好機。それを摑めると思えばこそ、忌蔵と袂《たもと》をわかった。それをあきらめる気にはならぬ」

言いながら、市松は殺されたかつての仲間たちに近づき、懐をあらためた。

「……全部で十両ちょっとか」

市松は死体から金を奪った。

「まあ、刺客などという商売をしていると、いつ死ぬかわからないからな。金を貯めこむ奴なんぞいやしねえ。貯めて足を洗うような奴は、最初からこちらへ落ちてきやしない」

大きく市松は嘆息した。

「全部で十五両ほど……」

刺客の仕事は前金半分、終わってから後金が決まりである。前金で全部渡すような親方はいなかった。金を持ち逃げされるのがおちだからだ。

「そこらの無頼なら数だけは雇えるが、意味はないだろうな」

市松は悩んだ。

「あの従者相手に勝ち目はない」

死んでいる忌蔵の斬られた跡を見ても、そのすさまじさはわかる。とくに肘の断ちかたが、まるで骨などないかのようなきれいなものであった。人の骨は周囲が固く、なかが柔らかい。どうしても固い骨は斬りにくく、割るような感じになり、その圧でなかの髄が潰れるのが普通であった。しかし、大宮玄馬の斬り口は、ひび一つなかった。

「……やるしかないな。このまま京を逃げ出しても、十五両じゃ一年もたねえ」

四人家族が一両で一カ月喰えるとはいえ、逃亡となると費用は跳ねあがる。掟《おきて》として刺客を投げ出した駒は、見せしめに追い回される。同業者の間に、そういった不始末をした駒の人相書が回るのだ。そして、こればかりは互いのこととして、どこの縄張りでも逃げた駒を見つけたときは、無償で始末を付けるのが決まりであった。

「よほどの田舎ならば、逃げおおせるだろうが、今さら山奥で田畑を耕すわけにもいかぬ」

刺客に落ちる者は、皆、どこかでたがが外れている。そして外れたたがは二度とはまらない。

「…………」

市松が、決意の目をした。

二

聡四郎の報告を受けた水野和泉守は、ただちに京都町奉行所へと指示を出した。

「京でその手のことは、町奉行所にさせねばならぬ。余が手出しをすれば、なにかとな」

苦い顔で水野和泉守が言いわけをした。

「しばらく、長屋で控えておれ」

水野和泉守が、聡四郎に禁足を命じた。

「…………」

それには応えず、聡四郎は水野和泉守の前から下がった。

「命を狙われたからといって、引きこもるようでは、上様から馘首《かくしゅ》されるわ」

聡四郎は吉宗の人使いの荒さを身に染みて知っていた。

「はい」

大宮玄馬も首肯した。

「かといって、なにもわからぬまま京都所司代に逆らうのもよろしくはない」

次の老中を敵に回すには、それだけの条件が要った。吉宗を納得させるだけのものさえあれば、老中相手でも戦えた。

「山崎さまを待ちましょうや」

「ああ」

聡四郎は山崎伊織の帰還を待って動くと表した。

天英院は、苛立《いらだ》ちを隠さなかった。

「どうなっておる。竹の用人は……」

「お方さま」

お付きの上臈姉小路《あねこうじ》が咄嗟《とっさ》にそれ以上言わさないように声を被せた。

「……」

天英院が黙った。

「しばしのご辛抱を願いまする。すでにお方さまのご実家への連絡、さらには館林家への指示は出してございますれば」

「わかっておる。わかってはおるが……」

「どうぞ、お平らに。お方さまは大奥の主。どうぞ、ゆったりとお構えくださいますよう」

姉小路が宥めた。

「だが、妾《わらわ》は吉宗を怒らせたのだぞ」

天英院は館林から大奥へ送りこまれた五菜《ごさい》を使って、竹姫の貞操《ていそう》を汚《けが》そうとした。それに失敗しただけでなく、その五菜を吉宗に捕えられてしまった。

表だって天英院の仕業《しわざ》となる証は、何一つ残してはいないが、そのようなものは将軍に必要ではなかった。

「あの紀州の田舎者が、おとなしいのが怖いのじゃ」

未だなにも言い出さない吉宗に、天英院は怯《おび》えていた。

「おとなしいのではなく、お方さまを咎めることができぬのでございまする。お方さまは先々代将軍家宣さまの御台所でございまする。一系を象徴するため、七代将軍家継さまの養子となった吉宗からすれば、義理の祖母にあたられまする。いわば、目上。また、お血筋では徳川をはるかに凌駕《りようが》する五摂家筆頭近衛家の姫さま。少し遡られるだけで、やんごとなきところまでたどり着きまする。とても傍系の紀州から入った、それも母の出自さえあきらかでない吉宗ごときが手出しをできるお方さまではございませぬ」

姉小路がなんとか落ち着かせようとした。

「……そうじゃ。そうよな」

天英院が喜色《きしよく》を浮かべた。

「はい」

力強く姉小路がうなずいた。

「館林公が将軍になられれば、それこそ天英院さまは、かつての春日局どのと同じ」

「春日局……」

「はい。家光さまを三代将軍になされたは、春日局どののご尽力。そして清武さまが上様になられたとき、その最大の功労者はお方さま。春日局どのが、御台所であった鷹司孝子《たかこ》さまを凌駕《りようが》して、大奥の主であられたことはご存じでございましょう」

姉小路が言った。

家光と正室鷹司孝子の仲は悪く、孝子はずっと中の丸に幽閉状態であり、大奥へは入れなかった。大奥はずっと春日局の支配下にあった。

「館林どのの正室は、すでに亡くなっていたの」

「さようでございまする」

六代将軍家宣の異母弟で館林藩主になった松平右近将監清武の正室は、五代将軍綱吉の寵臣牧野備後守成貞《まきのびんごのかみなりさだ》の遠縁にあたる旗本の娘であったが、早くに死亡しており、以降継室を招いてはいなかった。

「清武どのは、高齢じゃ。それに清方《きよかた》どのという立派な跡継ぎもある。今さら継室など求めまい」

松平右近将監は寛文《かんぶん》三（一六六三）年生まれで五十四歳になる。嫡男清方も二十一歳とすでに元服を終えていた。

「となれば、妾の天下じゃの」

「さようでございまする」

一気に明るくなった天英院に、姉小路が同調した。

「誰かある。お方さまに茶をお出しせよ」

姉小路が、茶の用意を命じたあと、静かに局を出た。

「いつまで経っても右近将監さまは動かれぬ。これは、高齢で欲がなくなられたからであろう」

姉小路の尻にも火がついていた。

京から天英院の輿入れに付き添ってきたのだ。天英院が将軍の御台所となるに伴って、大奥上臈という高位の女中になれた。

貧しい公家の娘が、老中と並ぶだけの権を手にしたのだ。もちろん、その恩恵は実家にも波及している。

これらすべてが、天英院のおかげといえるだけに、一蓮托生《いちれんたくしょう》の覚悟はできていた。だが、黙って敗北を受け入れるわけにはいかなかった。大奥を出される。これは上臈の資格を失うことであり、収入の途絶を意味していた。

「若い清方どのを動かすほうが、山城帯刀よりも早いかも知れぬ」

姉小路は別の一手を打つために、お使番《つかいばん》を呼び出した。


大奥のお使番は幕府のお使番とは違い、お目見え以下の身分で、大奥でも下から数えたほうが早い。当然、大奥から出ることはかなわず、七《なな》つ口《ぐち》に控えている御広敷添番《そえばん》へ用件を伝えるだけであった。

「姉小路さまよりの要請でございまする。月番《つきばん》ご老中さまとお話をしたいとのことでございまする」

お使番が御広敷添番に伝えた。

「ただちに」

御広敷添番は、それを上司である御広敷用人筆頭の小出半太夫《こいではんだゆう》に報告した。

「ご上臈の姉小路さまがか。わかった」

小出半太夫は、自ら御用部屋へと出向いた。

「しばしお待ちを」

老中の雑用一切を担当する御用部屋坊主が、小出半太夫に待てと伝えた。

「ご老中さまがご多忙だとは重々承知しておるが、大奥の上臈姉小路さまのご用件だということをくれぐれもお伝えしてくれよ」

小出半太夫が念を押した。

「承知いたしましてございまする」

御用部屋坊主の身分は低いが、なにせ相手は老中に近い。小出半太夫の遠慮気味な申し出に、御用部屋坊主が首を縦に振った。

呼び出しておいて待たせるのが老中である。こちらから願ってとなると、小半刻（約三十分）から半刻（約一時間）は覚悟しなければ、老中との面談はかなわない。

御用部屋前で待つのは、急《せ》かしているようで失礼になる。老中に目通りを願う者は、少し離れた畳廊下の角で控えているのが決まりであった。

「どこにおる」

小半刻もしないうちに、月番老中戸田山城守忠真《とだやましろのかみただざね》が御用部屋から出てきた。

「さすがは大奥上臈」

思ったよりも早い対応に、小出半太夫が驚いた。

「御広敷用人、どこだ」

「あ、これに」

あわてて小出半太夫が反応した。

「忙しいときになんじゃ」

戸田山城守の機嫌は悪かった。

「姉小路さまより、お話がしたいと」

「上臈どのが、儂《わし》になんの用件だ」

大奥からの呼び出しはろくなことがなかった。金をもっとよこせだとか、大奥の建て増しをしろだとか、政に関係のない要求ばかりであった。手間をとるうえに、断ればしっかり報復をしてくる。老中にとって、大奥女中は鬼門《きもん》であった。

「あいにくなにも」

用件までは報されていない。小出半太夫が首を左右に振った。

「それでよく用人が務まるな。そのていどのことなら、お城坊主で十分じゃ。何百石ももらっておきながら……」

戸田山城守が憤懣《ふんまん》をぶつけた。

「…………」

小出半太夫がうつむいた。

「まあよい。そなたていどに引っかかっていては無駄だ。本日昼八つ（午後二時ごろ）に参ると返答しておけ」

冷たく戸田山城守が告げた。

「承知いたしましてございまする」

子供の使い扱いされた小出半太夫が、顔をゆがめながら頭を下げた。


老中の執務は昼八つまでと決まっている。もちろん、そのていどで終わるものではないが、残りは屋敷に戻ってするようになっていた。

「山城守じゃ」

戸田山城守が、御広敷へ来た。

「こちらへ」

小出半太夫が、先に立った。

老中ともなると七つ口から出入りするわけにはいかず、下《しも》の御《お》錠口《じょうぐち》を使った。大奥には将軍が使う上《かみ》の御錠口と役人や身分ある大奥女中が出入りする下の御錠口があった。七つ口は、目見え以下の女中の外出や物品の搬入口として、役割分担されていた。

下の御錠口は、御広敷伊賀者詰め所に設けられていた。

「戸田山城守さまのお出でである。一同散れ」

先に入った小出半太夫が、詰め所に残っていた御広敷伊賀者を払った。

「お女中、山城守さまでござる」

小出半太夫が下の御錠口で叫んだ。下の御錠口を含め、すべての入り口は大奥側からしか開かれないようになっていた。これも男子禁制を守るためであった。

「承ってそうろう」

大奥から返答があり、下の御錠口が開かれた。

「山城守である。通るぞ」

戸田山城守が下の御錠口を進んだ。

男子禁制の大奥といえども、男が入ることはあった。御広敷用人はもとより、老中も出入りした。

大奥へ入った表役人は、下の御錠口からすぐの御広敷座敷に案内された。

「ここでお待ちを」

「うむ」

案内役の御客会釈《おきやくあしらい》と呼ばれた女中の言葉に、戸田山城守が首肯した。

「どうぞ」

老中ともなると、大奥でも茶菓が出された。とはいえ、菓子に手を出すといじましいと言われる。かといって茶にも手をつけなければ、毒を恐れた小心者と嘲られる。これが大奥であった。

「……………」

表情を殺して、戸田山城守が茶を口に含んだ。

「お待たせをいたした」

少しして姉小路が来た。

「いや、さほどは」

老中は待たせることはあっても待たされることはない。それでも不満を顔に出すようでは、執政など務まらなかった。

「で、お話とは」

さっさと用件に入れと戸田山城守が急かした。

「ご多用なご老中どのじゃ。では、遠慮なく……山城守どのは松平内蔵頭《くらのかみ》清方どのをご存じか」

「館林公のご嫡男が、いかがいたした」

さすがに老中である。徳川一門には詳しかった。

「そのお方こそ……」

姉小路の声が小さくなった。

三

幕政改革に乗り出した吉宗は、老中の権限を縮小し、できるだけ将軍親政を執《と》ろうとしていた。

「上様、それは一度御用部屋で相談をいたしまして……」

「躬の決めたことぞ」

時間稼ぎをしようとした老中阿部豊後守正喬《あべぶんごのかみまさたか》に、吉宗は告げた。

「ではございまするが、なにぶん、前例を確認いたしませぬと、法や令には、先代以前の将軍家がお認めになられたもの、お許しの出なかったものがございまする。それを確認いたしませぬと、今までの上様がお定めになられたものと正反対の命となりかねませぬ。これはいささか不都合でございまする」

阿部豊後守が抵抗した。

「前例に逆らうなと言いたいのか」

「け、決してそのようなことを申しあげておるわけではございませぬ。ただ、過去をないがしろにしては、なにかと……」

怒気《どき》を含んだ吉宗に阿部豊後守があわてた。

「そうか、躬よりも前将軍たちが大事か。それならば、躬に仕えずともよい。そなたには、より適した役目がある。増上寺と寛永寺を司《つかさど》るがよい」

「上様……」

阿部豊後守が悲鳴をあげた。

将軍家の墓所を管轄するといえば聞こえも良いが、ようは墓守《はかもり》という閑職である。

「心配するな。新設してやるぞ。そうよなあ、歴代祖廟《そびょう》奉行とでも名付けよう。ああ、格は老中と同じにしてやる。ただし、寛永寺と増上寺を確実に保護してもらわねばならぬゆえ、そちらに出向いてもらおう。城中の席は取りあげる」

「…………」

目に見えて阿部豊後守の顔色《がんしょく》はなくなった。

「近江守」

吉宗が同席していた紀州時代からの寵臣加納近江守に顔を向けた。

「はっ」

加納近江守が手をついて、将軍の言葉を待つ姿勢を取った。

「硯《すずり》を用意いたせ。躬が任命状を書いてくれる」

「ただちに」

すぐに立ちあがった加納近江守が、奉書紙《ほうしょがみ》と硯、筆を用意した。

将軍がその日に使う墨は、朝のうちに小納戸《こなんど》がすっている。筆を手にした吉宗が、硯に先をつけた。

「し、承知いたしましてございまする。ただちに老中奉書を認《したた》めて参りまする」

固まっていた阿部豊後守が動いた。

「相談せずともよいのか」

「上様の御諚でございますれば」

さっきとは違うことを阿部豊後守が口にした。

「ならば、さっさといたせ。無駄なときを喰う余裕など幕政にはないのだと知れ」

吉宗が叱りつけた。

「い、今」

阿部豊後守が、平伏も忘れて、踵《きびす》を返した。

「上様、あまりやりすぎては……」

逃げていく阿部豊後守を見送った加納近江守が吉宗をたしなめた。

「あれくらい言わねば、なんだかんだと言いわけを並べて、一向に仕事をせぬではないか。政は、すでに待ったなしの状況まできているのだ」

吉宗が寵臣に不満をぶつけた。

「まったく、己どもが幼き先代将軍を支えていなかった後始末を躬が引き受けてやっているのだというに」

「たしかに、そうではございますが、あの者たちにも矜持というものがございまする。役立たずの烙印《らくいん》を押されるのは、なんとしてでも避けようといたしましょう。あまり手厳しいことをなされては……」

最後まで加納近江守は言わなかった。

「躬を害すると」

「…………」

さすがに同意はできない。加納近江守が沈黙した。

「黙っているのは、認めたも同じだぞ」

吉宗が苦笑した。

「畏れ入りまする」

無礼な言動になったと加納近江守が詫びた。

「家臣が主君を殺す。乱世ならば下克上《げこくじょう》ということでわかるが」

下克上は、家臣が主君に成り代わることである。乱世、家臣に裏切られて、国を奪われた大名は多い。中国から九州に覇《は》を唱えた大内《おおうち》家は、家老の陶晴賢《すえはるかた》によって討たれ、領地を奪われた。そして、その陶晴賢は、配下の毛利元就《もうりもとなり》によって滅ぼされた。子が親を、弟が兄を討った例にいたると枚挙にいとまがない。

「この泰平に、躬を害したところで、阿部豊後守が将軍になるわけではない。失敗すれば、まちがいなく九族皆殺しになる。それだけの危険を冒してまで、将軍殺しをするとは思えぬ」

そこまでの度胸などあるまいと、吉宗は述べた。

「直接上様のお命を狙うのは、無理でございましょう。この御休息《おきゅうそく》の間に来るまでに、どれだけの関門があるか。もし、それをくぐり抜けたとしても、小姓《こしょう》番、小納戸、わたくしを排除して、上様に近づくことはできませぬ」

明確に加納近江守が否定した。

「申しておることが、いささか整合しておらぬのではないか」

老中を追いつめると、命が危ないと言っておきながら、御休息の間には絶対刺客を入れないと断言する加納近江守に、吉宗が指摘した。

「鷹狩りをお控え下さいますよう」

「外でというか」

吉宗が嫌な顔をした。

鷹狩りは家康が好んだことで、将軍の楽しみとして続けられてきた。もっとも、実際に鷹狩りをしたのは、四代将軍家綱《いえつな》までで、生類憐れみの令を出した五代将軍綱吉などは、催すどころか、鷹狩りを禁じている。六代将軍家宣は、綱吉の後始末で手一杯になり、鷹狩りどころではなかったし、七代将軍家継にいたっては、幼すぎて江戸城から出もしなかった。

じつに吉宗は四代ぶりに鷹狩りを復活させた将軍であった。

「鷹狩りのおりはどうしても、警固が甘くなりまする」

「…………」

加納近江守の言葉に、吉宗は反論できなかった。

鷹狩りには勢子と呼ばれる身分低い大番組《おおばんぐみ》同心や、鷹匠配下の同心が動員される。数百にも及ぶ同心の身許《みもと》をすべて確認するなど無理である。そして、狩りという性格上、それら普段は将軍に近づくことさえ許されない者たちが、吉宗の周囲を走り回るのだ。

「絶対はないか」

「はい」

今度ははっきり加納近江守が肯定した。

「尾張公のことをお考え下さいませ」

「吉通どののことか」

「さようでございまする。吉通さまは、まちがいなく……」

「毒を盛られた」

家臣筋では口にできないことを吉宗が言った。

「はい」

加納近江守が首肯した。松平通春との密談には加納近江守も同席していた。

「上様には及ばぬとは申せ、尾張公は御三家。相当な警固があったはず。毒味もまちがいなくなされたでしょう。それでも守りきれなかった」

「ああ」

吉宗も沈痛な顔をした。

「警固に最大の努力を払ったとしても、人のすることでございまする。かならずどこかに穴がございましょう」

「御用部屋前で刃傷《にんじょう》に遭った大老もいたの」

貞享元《じょうきょう》（一六八四）年八月二十八日、月次《つきなみ》登城で混雑する江戸城内で、大老の堀田筑前守正俊《ほったちくぜんのかみまさとし》が、一門で若年寄だった稲葉石見守正休《いなばいわみのかみまさやす》に刺殺された。

将軍御座《ござ》の間の隣で起こった凄惨な事件は江戸城を大いに震撼させ、結果将軍は御座の間からより奥にある御休息の間へと座を移すことになった。

「穴だらけか、将軍の警固も」

「御庭之者が控えおりますゆえ、御休息の間におられるかぎりは、安心でございましょうが……」

加納近江守が同じ紀州から吉宗についてきた御庭之者に気を使った。

「外では、躬の近くに潜ませるわけにもいかぬな」

吉宗も納得した。

「外だけではございませぬ。大奥へも御庭之者はお供できませぬ」

「大奥か……伊賀者は水城に預けたはずだ」

「上様、本気でそうお考えではございますまい。水城は目を集めるための囮《おとり》」

加納近江守が咎めるような目をした。

「…………」

幼なじみといえる腹心に隠しごとはできない。吉宗は黙った。

「沈黙は肯定でございましたな」

嫌みを加納近江守が返した。

「相変わらず、手厳しいな。そなたは」

吉宗が嘆息した。

「上様は、ときどきお諫めをせねば、無茶を平気でなさいますから。お忘れでございますか、寺の本堂から飛び降りて、お怪我をなされたときのことを」

「いつまでも、子供のころの話を持ち出すな」

苦虫を嚙み潰したような顔を吉宗がした。

まだ吉宗が、父光貞から認知されていないころの話である。

加納家に預けられていた吉宗は、毎日城下を走り回って遊んでいた。そのなかに名の知れた寺があった。立派な本堂には、階段で上がらねばならず、かなりの高さがあった。その廊下の欄干の上に吉宗が上った。

「ここから飛び降りる勇ある者はおらぬか」

吉宗が、いつも供している若い藩士たちに求めた。

「……………」

かなりの高さがある。誰も手をあげなかった。

「情けなきよな。このていどの危険を恐れては、いざ戦場で臆すのはあきらかである」

不満げな顔をした吉宗が宣した。

「吾を見ておれ」

「危ないから、降りてくだされ」

当たり前のことだが、加納家の者は制止する。

「このていど、恐れるほどではないわ」

かえって吉宗は勢いづき、そのまま欄干から飛び降り、足をくじいた。

認められていないとはいえ、主君の子供が怪我をした。加納家は自ら謹慎し、処罰を待った。

幸い、光貞は吉宗のことを気にもしていなかったので、加納家に咎めはなく、無事にすんだが、加納たちが顔色《がんしょく》をなくした事件であった。

「まったく、あのあと母から一刻（約二時間）以上も説教された」

思い出した吉宗が嘆息した。

「当たり前でございまする。御身《おんみ》を軽くお考えになる」

あきれた加納近江守が、続けた。

「上様にはみょうな癖がございまする」

「癖だと……」

吉宗が首をかしげた。

「挑発にのられやすうございましょう」

「むっ」

言われた吉宗が不機嫌な声を出した。

「もし、今、大奥から、いやもっと限定いたしましょう。天英院さまから茶会に誘われたりなされたならば、お受けになりましょう」

「逃げるわけないだろう」

吉宗が胸を張った。

「それがいけませぬ。もし、そのお茶になにか入っておりましたら……」

「ありえまい。将軍に毒を飼えば、いかに先々代の正室とはいえ、無事ではすまぬぞ」

天英院も道連れじゃと吉宗は言った。

「上様の跡を館林公が継がれたならば……」

「天英院をかばうか……」

吉宗が苦い顔をした。

「敵に反撃の機を与えてはなりませぬ」

「わかった、わかった。注意しておく」

腹心の忠告を吉宗は受けた。


吉宗の前から下がった阿部豊後守は、御用部屋に戻るなり、他人払いを求めた。

「申しわけない。ご多用はわかるが、少しお手間を取らせたい」

「どうした」

「豊後守どの、顔色がよろしくないな」

すぐに他の老中たちが反応した。

「さきほど、御休息の間で上様より……」

説明を求められた阿部豊後守が語った。

「それは」

「あまりに」

将軍家墓守への転出話に、老中たちが憤慨した。

「我らをなんだとお考えなのだ」

「そうじゃ。我らは幕政を担う執政である。幕政は我らなしでは回らぬ」

戸田山城守忠真と久世大和守重之《くぜやまとのかみしげゆき》が顔を見合わせた。

「拙者は遠慮しよう」

五代将軍綱吉の代から老中を務めている、井上河内守正岑《いのうえかわちのかみまさみね》が背を向けて、己の席へと帰っていった。

「…………」

阿部豊後守が黙って見送った。

「豊後守どの、大和守どののよ」

戸田山城守が、火鉢を指さした。

御用部屋には夏でも火鉢が置かれていた。それもかなり大きなもので、溜まっている灰も多かった。ここに火箸で文字を書けば、当人たち以外には一切内容は漏れなかった。

「…………」

無言で戸田山城守が、火箸で、今宵屋敷と書いた。

「…………」

声なく阿部豊後守と久世大和守が首肯した。

「……ふっ」

その様子を井上河内守が見ていた。

四

老中たちには、栄誉と仕事の便宜をはかって、郭《くるわ》内に上屋敷が与えられた。

その夜、戸田山城守の屋敷に、阿部豊後守、久世大和守がやってきた。

「お越しいただいたことに、まずお礼を」

主人である戸田山城守が、一礼した。

「今宵は、日頃の激務を忘れ、一夜の宴を催したいと思う」

そう言った戸田山城守が手を叩いた。

「はっ」

襖が開いて、戸田家の家臣たちが、膳を運んできた。

「なにもございませぬが、ゆっくりとお過ごしいただきたい」

まず戸田山城守が、盃を干した。

「馳走《ちそう》になる」

「かたじけなし」

二人も続いた。

「……さて」

しばらく酒を楽しんだところで、戸田山城守が盃を置いた。

「お出で願った用件に入らせていただきまする」

「うむ」

「けっこうでござる」

戸田山城守の宣言に、二人の老中が同意した。

「上様のことでござる」

「…………」

阿部豊後守が思い出したのか、顔をしかめた。

「このままでよろしいとお考えか」

「……いいや」

「いいとは申せませぬな」

戸田山城守の問いかけに、阿部豊後守と久世大和守が首を左右に振った。

「将軍親政などとんでもないことでござる。たったお一人で、なにができましょう。勘定方から回ってくる書付《かきつけ》だけでも、日に数十枚になりまする。すべてに目を通すなど神でもなければできますまい」

吉宗の理想を、戸田山城守が切って捨てた。

「さよう。我らがそれをし、要りようなものだけを上様にあげているゆえ、勘違いなさっておられる。どれほど多くの書付を、我らが処理しているか、おわかりではない」

久世大和守も苦情を口にした。

「先代、先々代の上様は、いつも我らのなさることを追認下さった。ゆえに、天下は泰平で波風さえたたなかった」

阿部豊後守が不服を露わにした。

「将軍が政に口を出されるとろくなことはない。五代綱吉さまの御世《みよ》を見れば、わかるはずである」

「そうよな」

「生類憐れみの令などという悪法は、我らがおれば、成立させなかった」

三人の老中がうなずきあった。

「井上河内守どのが、そそくさと逃げられたのは、それがあるからでござろう」

戸田山城守が来なかった井上河内守の事情を推察した。

「もう一度、元禄をやり直すおつもりか、河内守どのは」

苦く阿部豊後守が頬をゆがめた。

「それだけは、ならぬ」

「まさに、まさに。犬どもに金を遣うような政は許されませぬ」

生類憐れみの令は、犬のお救い小屋を作るところまでいき、そこに保護した犬のえさ代が、一年に一万両をこえたと言われていた。

「どうすべきだとお考えか」

発起人である戸田山城守が二人の顔を見た。

「…………」

二人とも口火を切るのを避けた。

「このままでよいと」

「それは」

「よろしくはない」

もう一度確認されて、二人が否定した。

「この場には、三人しかおりませぬ。肚《はら》を割って話そうではないか」

戸田山城守が口調を変えた。

「肚を割るか。よかろう」

「承知した」

阿部豊後守と久世大和守が同意した。

「上様のなされようは、話にならぬ」

最初に阿部豊後守が不満を口にした。

「いかに上様といえども、執政には気を使われるのが慣例じゃ」

久世大和守が続いた。

歴代の将軍は、執政衆の苦労を理解し、相応の対応をしてきた。ねぎらいの言葉はもとより、時服《じふく》や銀子《ぎんす》、名馬、銘刀を下賜《かし》して、機嫌を取ってきた。

さすがに七歳の家継はしなかったが、それ以外の将軍は皆、執政をたいせつにしてきた。結果、執政のやる気も生まれ、幕政は回ってきた。

それを吉宗は壊した。

「小田原評定《おだわらひょうじょう》をしているようでは、話にならぬ」

「これくらいのこと、問われたその場で返答できず、持ち帰りまして検討をなどというような輩《やから》に執政ができるか」

吉宗は厳しく老中たちを糾弾してきた。

「幕政は猶予のないところまで来ている。江戸城の金蔵の底が見えていることくらい、わかっておろうが。金のない幕府がどうやって天下を治めるというのだ。金がなければ、普請も新田の開発もできぬ。いや、戦さえ無理じゃ。もし、今、西国の雄藩が反旗を翻したならどうする。武器弾薬兵糧《ひょうろう》のない幕府は、戦わずして負けるぞ」

吉宗は毎日同じことを繰り返しているだけの老中たちを叱りつけていた。

「前例ですべてが動くならば、乱世などありえまいが」

なんでもかんでも前例がという老中たちを吉宗は嫌い抜いていた。たしかに前例はたいせつであった。失敗したとしても、過程がわかっていれば、同じまちがいを犯すことはないし、成功したならば安心しておこなえる。無駄をしなくてすむ。それが前例の利点であった。しかし、それは同時に、新しいことをしなくなるという弊害もあった。新しいやり方がやりやすく、費用が安いと思っていても、最初の一人には誰もなりたくはないのだ。前例通りやっていれば失敗しなかったものをと弾劾され、己の責任とされる。

役人にとって前例に従っての失敗は咎められない。咎めれば、過去まで遡って罰しなければならないので、見逃す。だが、新規に手出しをしての失敗は許されなかった。新しい成功は、した者の手柄になり、己をこえて出世していくかもしれないからであった。

その固まった行政を吉宗は破壊しようとしていた。

「上様の仰せは極端である」

戸田山城守が思い出したように嘆息した。

「たしかに巧遅《こうち》より拙速《せっそく》を尊《たっと》ぶべくはある。だが、そのようなもの、年にいくつもない。政のほとんどは、急いてことをし損じてはならぬものばかりなのだ」

久世大和守も告げた。

「今のままでは、老中はただの判子《はんこ》に落ちる。上様の命じられたことを追認するだけの印判にな」

阿部豊後守がかなり乱暴なことを言った。

「お二方、内蔵頭どのと会ってみられぬか」

「内蔵頭どの……」

「はて、どなたであったかの」

戸田山城守の言ったことに、阿部豊後守、久世大和守の二人ともが怪訝な顔をした。

武家の官位は、律令《りつりよう》の外にある。吉宗も内大臣となっているが、京に詰めているわけでもないし、朝議《ちようぎ》に出たことなど一度もない。なんとかの守といったところで、ただの名誉でしかない上、本人の希望が優先されるため、同じ名乗りが重なったりもした。酷《ひど》いときは同時に越前守が五人をこえ、城中で混乱が起こったほどである。さすがに、それ以降は、任官の希望が出ても、先任がいないかどうかを確認することになり、あまり同じ官が多いときは、格の低い者に変更するように幕府が指示するようになった。

とはいえ、同じ官名がなくなったわけではない。また老中たちが諸大名、布衣格以上の役人すべてを知っているはずもなかった。

「館林公の嫡男どのじゃ」

「右近将監どのがご子息か」

答えた戸田山城守に、久世大和守が驚いた。

「…………」

顔色を変えた阿部豊後守が、戸田山城守を見た。

「上様を代えるつもりか」

「我らが代わるか、上様を代えるか」

咎めるような阿部豊後守に、戸田山城守が応じた。

「謀反を起こされる気か」

「なにを言われる。謀反とは幕府を倒そうとすること。言い換えれば、徳川家に代わって天下を取ろうとすることをいうのでござる。吾にはそのような心づもりはまったくござらぬ。天下は徳川家のもの。これは絶対でござる」

阿部豊後守の詰問に、戸田山城守が反論した。

「だが……」

「戸田家は忠義を家訓としておる」

「山城守どのよ」

睨み合う二人に、久世大和守が割って入った。

「……なんでござろう」

「一つお伺いしてよろしいかの。なぜ、ご当主の右近将監どのではなく、部屋住みの内蔵頭どのを推される」

久世大和守が質問した。

「そうじゃ。それはおかしゅうござるぞ」

阿部豊後守も同意した。

「肚を割って語り合おうと申したのは、吾でござる。お話ししようではないか」

戸田山城守が応じた。

「天英院さま付きの上臈をご存じか」

「知っておる。あの京生まれのうるさい女であろう」

阿部豊後守が述べた。大奥の上臈は、いつも無理難題を押しつけてくる。執政にとって厄でしかなかった。

「姉小路であるな」

さすがに老中に就くほどの久世大和守である。あっさりと名前を口に出した。

「その姉小路どのから、拙者に話があった」

戸田山城守が告げた。

「姉小路どのから……ということは、天英院さまのご意向」

「天英院さまが、本気になられた」

久世大和守と阿部豊後守が真剣な表情になった。

「大奥の意思ととってよいだろう」

戸田山城守が語った。

「待て、月光院さまは同意なさっているのか」

六代将軍家宣の側室で七代将軍家継の生母である月光院は、天英院と並んで大奥を牛耳《ぎゅうじ》っている。将軍のとはいえ、正室と妾である。当然、月光院と天英院の仲は悪い。

「知らぬ」

戸田山城守が首を左右に振った。

「それでは困るであろう。上様に逆らうのだ。少なくとも大奥の応援は要る。その大奥が一枚岩でなければ意味がない」

阿部豊後守があきれた。

大奥は表にかかわらない。女は政に口を出さない。これが幕府の不文律であった。とはいえ、世のなかの半分は女なのである。いかに偉そうな顔をしたところで、男はすべて女から生まれ、その乳を吸って育ったのだ。亭主関白が裏では恐妻家であるなど、どこにでもある。

幕府も同じであった。

老中といえども、大奥の意思を無視できなかった。

なにせ大奥では、将軍は一人になる。周りを女に囲まれた男が、どれほど弱いか。言い方は悪いが、敵に四方八方を囲まれているに等しい。周りを囲んだ大奥の女から、あの老中はいかがかと言われれば、孤軍奮闘の将軍といえども、ついうなずいてしまう。

事実、大奥に嫌われた老中が罷免された例は少なくなかった。

「それもあるが、山城守どのよ。上様は大奥に入られぬぞ。大奥に意味を見いだしていないどころか潰そうとお考えの上様ぞ。大奥が味方となっても、我らの戦力は増えまい」

久世大和守が懸念を表した。

「大丈夫でござる。大奥には竹姫さまがおられる」

戸田山城守が胸を張った。

「竹姫さまを人質にするというか」

阿部豊後守がたしかめた。

「待て、それはできまい」

手を出して久世大和守が遮った。

「先日、大奥であったことを聞いておろう」

「噂という形でござるがな」

「正式な通達はござらなかった」

久世大和守の確認に、阿部豊後守と戸田山城守が首肯した。

「竹姫さまが襲われたとか」

「そのようだが……」

阿部豊後守と久世大和守が顔を見合わせた。

「それはたしかでござる。ただ、詳細はもっとまずい」

戸田山城守が声を潜めた。

「男に竹姫さまを襲わせた」

「馬鹿な」

「なにを。大奥に男がおるはずなかろう」

久世大和守と阿部豊後守が驚愕した。

「それがおるのでござる。五菜がな。もっとも小者でしかなく、雑用をこなすだけだが、大奥への出入りが認められておる」

「その一人が、竹姫さまを襲った」

「どうなったのだ」

万一、五菜に触れられていたら、将軍の正室になる資格はなくなる。阿部豊後守と久世大和守が身を乗り出した。

「防がれたそうだ」

「……防がれた。ということは、前もって手が打たれていた」

戸田山城守の答えで、久世大和守が反応した。

「さすがだの。さよう、しっかり警固の女武者を上様は竹姫さまの周りに配していた」

感心した戸田山城守が、賞賛した。

「上様に見抜かれていた……」

「ああ。姉小路どのがそう言っていた」

たしかめるような久世大和守に、戸田山城守が首を縦に振った。

「むうう」

阿部豊後守が唸った。

「恐ろしいお方じゃ」

久世大和守が思わず口にした。

「どうであろう、一度内蔵頭どのと」

もう一度戸田山城守が言った。

「しばし、ときをいただきたい」

「少し考えたい」

久世大和守と阿部豊後守が即答を避けた。

「さようか」

戸田山城守の雰囲気が変わった。

「熟考なさるのはけっこうでござる。が、お二方は、もう拙者と同心《どうしん》でござる」

「なにを言われる」

「そのようなことは」

二人が抵抗した。

「井上河内守どのが、なにもなさらぬとお考えではなかろう」

外された井上河内守が、なんの動きも見せないはずはない。

「…………」

言われた阿部豊後守と久世大和守が黙った。

「では、また明日。御用部屋で」

戸田山城守が散会を宣した。

屋敷を出たところで、阿部豊後守と久世大和守が駕籠《かご》を止めた。

「大和守どのよ」

駕籠の戸を開けて、阿部豊後守が呼びかけた。

「豊後守どの」

久世大和守も応じた。

「どうなさる」

「そうよなあ」

二人が互いの様子を窺った。

「井上河内守どのは、軽率なまねをなさるお方ではない」

久世大和守が慎重に対応すべきだと言った。

「本気で仰せか」

阿部豊後守が冷たい声を出した。

「…………」

言われた久世大和守が黙った。

「他人の弱みを知りながら、なにもせぬ輩が執政になれるはずなどなかろう」

阿部豊後守の言葉は真実だった。

「思い出してごらんになればよい。ご貴殿が足を引っ張ってきた相手の数を」

「むうう」

久世大和守が唸った。

「井上河内守が我らを売ると」

「おそらくの。河内守どのは、長老中に在しておられる。そろそろ五徳《ごとく》拝領になっても不思議ではない」

五徳は茶道具の一つであり、これを将軍から下賜されるのは、そろそろ仕事から離れて茶でも楽しめという隠居強制であった。

天下の権力者老中とはいえ、辞めてしまえばただの大名である。老中を退くのは、当主を降りることでもある。隠居せずに老中を降りるのは、失職と取られ、恥になる。

世間の尊敬と注目を集める老中が、いきなり表舞台から去らされるのだ。その落差は大きく、かなり辛い。

それよりもまずいことがあった。

老中を辞めた者への反動であった。老中へ頭を下げていた者たちが、在任中の恨みを晴らそうと報復に出る。さらに、前任者の影響力を嫌う新たな老中が、その名誉を奪いにかかる。

「在任中に不埒《ふらち》な振る舞いこれあり」

「誤りし判断であった」

こういった理由で、咎めを受ける。現役ならば、抑えるだけの力があった。だが、引退してしまえば、なんの手立ても打てないのだ。

四代将軍家綱の大老酒井雅楽頭忠清《さかいうたのかみただきよ》が引退後、越後高田《えちごたかだ》騒動の誤審を五代将軍綱吉によって咎められたのがその一例であった。

酒井雅楽頭はそのとき死んでいたため、実際の咎めはなかったが、一時は墓を暴けとまで言われたほどであった。

大老という幕府一の権力者でさえ、そうなのだ。老中たちが、辞任したくないと考えるのも当然であった。

「ではの、大和守どの」

不意に阿部豊後守が駕籠の戸を閉めた。

「あっ、豊後守どの」

手を伸ばした久世大和守の前で、無情にも阿部豊後守の駕籠は動き出した。

「戸田山城守と阿部豊後守は肚をくくったか」

久世大和守が嘆息した。

「儂が賛意に回れば、三対一。本日お休みであった土屋相模守《つちやさがみのかみ》どのがどちらに転んでも、御用部屋は制圧できる。儂が敵対すれば、旗色をはっきりさせている者は二対二。均衡となれば、争いごとを嫌われる土屋どのはどちらにも付かれまい。力は釣り合う。いや、上様のぶんだけ、有利か」

「殿、駕籠を」

家臣が出立《しゅったつ》して良いかどうかと尋ねてきた。

「ああ」

上の空で久世大和守が首肯した。

「……上様が勝てば、老中は死ぬ。ようやく届いた執政の地位が名前だけのものになる。それに耐えられるか」

久世大和守が難しい顔をした。

「上様のご親政を許せば、後世の老中たちからも罵《のの》しられよう。執政を形だけのものにした無能どもと。久世の名前が世間の笑いものになるのは、たまらぬ」

己一人のことではすまないと久世大和守が瞑目《めいもく》した。

「大きな賭けになるな」

久世大和守が独りごちた。

第四章　忍の誇り

一

山崎伊織が帰ってきたのは、聡四郎たちが刺客に襲われた翌朝であった。

「ただいま戻りましてござる……なにかございましたな」

すぐに山崎伊織が、聡四郎と大宮玄馬に残っていた剣気に気づいた。

「さすがだな。昨日……」

その鋭さに感心した聡四郎は、昨日のできごとを語った。

「刺客でございますか。それも地の無頼」

難しい顔を山崎伊織が見せた。

「京に入って五日目。いかにご用人さまでも、この短い期間で敵を作られるのは難しゅうございますな。となれば、おそらく、藤川義右衛門」

「どういう意味か問いただしたいところだがの。まあ、それはいい。やはり藤川か」

山崎伊織の判断に、聡四郎はあきれながらも同意した。

「しかし、それだけの金がよくぞありましたな。刺客がいくら出せば雇えるかは知りませぬが、駕籠かきや人足ていどではすみますまい」

大宮玄馬が驚いた。

「たしかにそうだな」

言われて聡四郎も気づいた。

もともと藤川義右衛門は御広敷伊賀者組頭で、その禄は三十俵三人扶持《ぶち》である。組頭には足し扶持が与えられるが、それでも十人扶持ほどでしかない。年で合計二十両にもならない。とても蓄えができるはずはなかった。

また、御家人の禄は、三度に分けて支給される。これをお玉落としといい、秋に一年の半分が渡された。その秋のお玉落としの前に、藤川義右衛門は放逐《ほうちく》されている。

「誰かが金を渡した」

「京に来てからとなれば、近衛卿しか考えられぬが……」

聡四郎は首をひねった。

「山崎、どうだ」

「ありえますまい」

問うた聡四郎に、山崎伊織が否定した。

「丸一日、一条さまのお屋敷に潜んでおりましたが、摂関家とはいえ、かなり厳しい内証でございました。同じ五摂家の近衛さまだけが、裕福だとは思えませぬ」

山崎伊織が述べた。

「六代将軍家宣さまがご存命ならば、その御台所のご実家として、かなりの援助も望めただろうが、今は逆に天英院さまから無心をされる状況だ」

竹姫付き御広敷用人として、聡四郎は敵対する天英院の状況を把握している。基本、館林松平家に金を強請《ねだ》ってはいるが、館林は五万四千石の小藩である。そうそう、天英院の求めに応じるだけの余裕はない。

しかし、大奥で勢威を張ろうと思うならば、相応のまねをしなければならなくなる。花見に月見、蛍観賞、五節句など山のように行事がある大奥である。そのたびに衣装を誂える、道具を用意するなどしなければならないのだ。もちろん、去年の小袖、打ち掛けで参加しても問題はないが、女だけの大奥である。

「よく、同じものを身につけておられますこと」

「よほど、その小袖がお気に召したと見える」

散々にこき下ろされ、当然のごとく下に見られるのだ。

六代将軍家宣の女として寵《ちよう》を競った天英院と月光院は、なににつけても争ってきた。勝った負けたと一々《いちいち》大騒ぎした。その好敵手である月光院に嘲笑されるなど、天英院が耐えられるはずもなく、なんとかして新しい衣装などを手配しなければならない。とはいえ、すでに大奥の主ではなくなっている。さらに将軍吉宗との関係もよろしくない。思うがままに金を遣えない天英院は、外に頼ることになる。その一つが実家近衛家であった。

「そういえば、一条さまはどうであった」

聡四郎が本来の話に戻した。

「やはりお金のようでございまする」

「お金にお困りか。それほど内証が悪いとは水野和泉守さまからも聞いていないが」

山崎伊織の報告に、聡四郎が首をかしげた。

「一条さまのご内証というより、お側女《そばめ》さまのご実家で病人が出ているようで、その薬代にお困りでございました」

「それくらいの金なら、出せましょうに。側女を置けるくらい余裕をお持ちならば」

大宮玄馬が不満そうな口調で言った。

「まあいい。裏がわかっただけでもよい。すぐに水野和泉守さまにお話をしてこよう」

京に長滞在するわけにはいかない。聡四郎は、腰を上げた。


「……側女のための金か」

事情を聞かされた水野和泉守が嘆息した。

「どうやってそれを知ったかは、問わぬほうがよいな」

「そう願いまする。上様のお手の内でございますれば」

山崎伊織を付けたのは吉宗である。伊賀者を連れていると教えるのは、避けたほうがよいと聡四郎は考えた。

「側女と言ってもな、公家衆の場合はいささか話が違ってな。家格をあげたい、官位が欲しい。しかし、その伝手《つて》も金もないといった貧乏公家が、娘を賄賂代《まいない》わりに

「差し出すのよ。当然、手当の金など出ぬ」

「人身御供というやつでございますか」

　内容に、聡四郎はあきれた。

「これも公家の伝統だと思え。武家でもあろう。娘を主人に差し出して、己の出世をはかる親が」

「はあ」

　聡四郎はなんとも言えない顔をした。

「ですが、側女となれば奉公人、いや家族も同然。そのために多少の金を融通する
くらいは……」

「ただのものに金を遣わぬ。それが京だ」

「……………」

　聡四郎は啞然とした。

「そういうものだと思え、公家は」

　水野和泉守がもう一度言った。

「で、いくらだ」

「薬代として二十両ほど要りようだそうでございまする」

しっかり山崎伊織は金額まで聞いてきていた。

「わかった。しばし、待て」

水野和泉守が手を叩いた。

「手文庫をこれへ」

「はっ」

命じられた家臣が、急いで手文庫を持って来た。

「持っていけ」

手文庫のなかから水野和泉守が金を出した。

「これは……四十両もございますが」

多すぎると聡四郎は困惑した。

「二十両では、一条さまの利がなかろう」

「えっ。一条さまのご側室へのものでございましょう。それに利など……」

聡四郎は怪訝な顔をした。

「公家は利がないと動かぬ。まあ、偉そうなことを言っても、武家も同じ。いや、庶民もだな」

水野和泉守が続けた。

「余とてそうだ。そなたに手を貸せば、上様のご機嫌を取れると思っておるからこそ、助けもする。金も出す。もし、余になんの利もなければ、動く気はない」

はっきりと水野和泉守が告げた。

「…………」

聡四郎は沈黙した。

「たとえ側女のためでも、利を欲しがる。公家をそうしたのは、武家だ。武家が公家の持つものを力で奪い、小さな枠のなかに閉じこめた。従一位だ、大臣だという高位の身分が、幕府からあてがわれるわずかばかりの扶持で生かされている。格ばかり高く、実はない。このような状況に何百年もおかれてみよ。頼るは、目の前の金だけになってもいたしかたあるまい」

「……たしかに」

公家の苦難は、武家の台頭による。聡四郎もうなずくしかなかった。

「ゆえに扱いやすいのだ。わかったならば、持っていけ」

「お預かりいたしまする」

聡四郎は金を受け取った。

「ではあらためて、目通りの日を……」

日時の予約をと言いかけた聡四郎に、水野和泉守が首を振った。

「大丈夫じゃ。金を持ってきたと言えば、朝議さえ休んでくれる」

「はあ。では、直ちに」

聡四郎はあいまいな顔でうなずくしかなかった。

二

襲撃失敗の報せは、その日のうちに利助のもとへ届いた。

「そうかい。忌蔵もたいした男じゃなかったねえ。市松を使いこなせないようじゃ、わたしの後釜《あとがま》は無理ですな」

利助は冷たく配下を切り捨てた。

「なにを落ち着いている。失敗したのだろうが。金を取っておきながら」

聞いていた藤川義右衛門が憤怒《ふんぬ》した。

「そう怒らはらんように」

朝から隣にくっついている勢が、藤川義右衛門を宥めた。

「どういうことだ」

藤川義右衛門が問うた。

「忌蔵は、野心の割りに役立たずでございましてね。わたくしとしても、そろそろ邪魔になってきたところで」

「始末させたのか、水城に」

「…………」

あきれた藤川義右衛門に、利助が笑った。

「となると、次の手があるのだな」

「もちろんでございますよ。ただし、今度こそ、藤林さまにもご同行願いますが」

利助が表情を引き締めた。

「なにを言っている。吾は依頼人ぞ。依頼人を働かせてどうする。前にも言ったが、手助けはせぬ」

藤川義右衛門が拒んだ。

「手出しはご無用で」

「…………」

一層不審げな顔を藤川義右衛門がした。

「顔見せにおつきあいを」

「……顔見せだと」

「はい」

「おまえ、吾を本当に跡継ぎにするつもりか」

「いけませんか」

「吾はいずれとてつもない出世をする男ぞ。京の茶屋の親爺などできるものか」

藤川義右衛門が首を左右に振った。

館林藩家老の山城帯刀との間に、藤川義右衛門は大きな約束をしていた。もし、吉宗を排し、松平右近将監清武が九代将軍になったならば、藤川義右衛門を隠密《おんみつ》頭《がしら》として、かつての服部半蔵《はつとりはんぞう》同様の高禄旗本に取り立てるというものである。服部家は八千石だった。それに欠けるとしても、とても京で埋もれるわけにはいかなかった。

「けっこうでございまんな」

利助は平然としていた。

「この見世は、ご放念いただいてけっこうで。ただ、娘を側室としてお迎え下さればよろしゅうございまする」

「勢を側室にしろと」

「はい」

「吾になんの得がある」

藤川義右衛門が拒んだ。

「京の闇を支配できまする」

「江戸へ帰る者に、京の闇は意味がないだろう」

代償として差し出したものを、藤川義右衛門は鼻先で笑った。

「……………」

無言で利助が口の端を吊り上げた。

「なんだ」

一瞬で利助の雰囲気が変わったことに、藤川義右衛門が身構えた。

「京の闇は深く大きいのでございますよ」

口の端を笑いの形にしたままで、利助が告げた。

「どういうことだ……」

藤川義右衛門が尋ねた。

「江戸の闇も京の闇から生まれた」

利助の口調が柔らかかった京ものから固いものに変わった。

「なんだとっ」

さすがの藤川義右衛門も驚愕した。

「闇は光があるところほど、濃い。では、もっとも光り輝いているのはどこでございましょう」

「江戸だ」

迷うことなく、藤川義右衛門が断言した。

江戸は、天下の城下町である。全国の大名は、二年に一度江戸に滞在せねばならず、そのために大勢の家臣を常駐させている。その屋敷を建てるために職人が集まり、それらと取引するために商人がやって来た。男が集えば、女の需要が出る。妻から遊女に至るまで女が江戸へ向かう。こうして江戸は、天下一となった。

「江戸が開かれたときから、闇はござる」

「それはわかる」

藤川義右衛門がうなずいた。人の生活のあるところに闇はかならず潜む。闇は、人々に寄生しないと生きていけず、町ができればいつのまにか生まれている。忍も一種の闇なのだ。派手に手柄を立てて名をなす武士が光であり、その陰で密かな戦いを繰り広げる忍は戦国の闇を担ってきた。

「その闇はどこから来たと」

「……京か」

「…………」

無言で利助が首を縦に振った。

「幕府が開かれるまで、天下の闇はすべて京の枝でございました。大坂も石山本願寺《いしやまほんがんじ》のころから、京の出先。ただ江戸には、闇を作るほどの価値がなかった。その江戸に家康さまが幕府を作られた。まだ手つかずの天下。それを見逃すわけはございませんな」

利助が語った。

「江戸の闇は、京の支配下にあると」

「さすがに、百年をこえましたので、支配しているとは申せませぬが」

確かめた藤川義右衛門に、利助が苦笑した。

「今でも交流はございましてな。すでに亡くなりましたが、わたくしの妻は、江戸の深川《ふかがわ》を仕切る木場《きば》の弐吉《にきち》というまとめ役の娘でございました」

「ということは、勢は……」

「弐吉の孫ということになりますな」

利助が答えた。

「他にも、わたくしの姉が四谷《よつや》の甚右衛門《じんえもん》に嫁いでおりますし、京と江戸は、近しい親戚のようなものでございますよ」

「むうう」

藤川義右衛門がうなった。

「江戸の闇との繋がりは、引き出物としてご不満でございますか」

「……いいや」

問う利助に、藤川義右衛門が首を左右に振った。

「そのための顔見せにお出でいただきたく。わたくしの娘を娶《めと》るとなりますと、相応のまねをお願いせねばなりません」

「なにをしろと」

「京の闇が抱える腕利きたちに認めていただかねば、いささかつごうの悪いことになりまして」

訊いた藤川義右衛門に利助が述べた。

「どうやって認めさせればいい」

「腕が立つか、金があるか、器量があるか。どれか一つでけっこうでございますので、皆に見せてやっていただきたい」

人の上に立つだけのものがあるとの証明をしろと利助が言った。

「金ならいくらほど積めばいい」

「数千両は」

「さすがにそれは面倒だな」

答えに藤川義右衛門が苦い顔をした。

京には老舗《しにせ》が多い。老舗にはかなりの金が眠っているとはいえ、それを根こそぎ奪うようなまねをすれば、騒ぎになる。京都町奉行所も動くだろうし、なにより金の出所を、闇に知られるのはまずかった。闇はすべてを呑みこむ貪欲なものだ。藤川義右衛門が盗賊という闇を抱えていると知れば、あっさりと受け入れるだろう。ただし、受け入れると同時に吸い尽くそうとする。利助は藤川義右衛門を道具にしようとしてくる。もちろん、すんなり道具になる藤川義右衛門ではない。あらゆる手立てを使って抗《あらが》う。となれば、闇と敵対することになる。

「わかった」

藤川義右衛門が首肯した。

「いつ、どこへ行けばいい」

「今夜、四つ（午後十時ごろ）、祇園さんの社《やしろ》奥」

利助が告げた。


祇園さんとは、四条の東にある祇園神社のことである。祇園精舎《しょうじゃ》の守護神牛頭《ご ず》天王《てんのう》を祀《まつ》る。毎年夏には厄払いをもとにする祇園祭がおこなわれ、京の人々の厚い崇敬を受けていた。

「門が閉まっているぞ」

祇園神社の前に連れてこられた藤川義右衛門が、楼門を見た。

「こちらへ」

楼門への石段を避けて、右へ迂回した利助が、藤川義右衛門を祇園神社の奥へと案内した。

すでに参拝する人もいない神社の奥は、伸ばした指の先も見えないほど暗い。

「利助だよ」

不意に利助が暗闇へ名乗った。

「…………」

途端に、灯りがついた。用意されていたらしい燭台《しょくだい》四つに、灯《ひ》が入れられたのである。

「七人か」

灯りに照らされた人影は五つだったが、藤川義右衛門はそう呟いた。

「ほう……」

感嘆の声がした。

「どこかわかりますか」

利助が問うた。

「そこの石灯籠の後ろと、あの大きな松の枝の上だ」

藤川義右衛門が面倒くさそうに指さした。

「…………」

影が顔を見合わせた。

「そちらの御仁《ごじん》かい」

中央の歳老いた男が問うた。

「ああ。勢の婿にしようと思うてます」

利助が答えた。

「年増と呼ばれる頃あいになっても嫁に出さなかった愛娘を、どこの誰かもわからない男にくれてやると」

中年の女が、不思議そうな顔をした。

「縁とはそういうもんで」

利助が返した。

「ふん。うちの息子の嫁にと申しこんだが、一顧《いっこ》だにしなかったやないか」

右手の男が不満を口にした。

「祇園の茶屋で有名な息子はんに、娘をやれるわけおまへんやろ」

利助が反論した。

「それはそうや。我々の仕事は裏よ。裏に属する者が、名をなしてどないする」

左手の男が同意した。

「南禅寺の、それは息子が役に立たないということかい」

「そう聞こえなかったんかいな」

怒った右手の男に、南禅寺と呼ばれた左手の男が笑った。

「おのれは……」

「止めとき。お客人の前やで」

中央の歳老いた男が制した。

「…………」

「ああ」

言い争いに発展しかかった男たちが、退いた。

「申しわけおまへん。お客人」

「いいや」

老齢の男の詫びを、藤川義右衛門は受けた。

「木屋町の。影を見抜く力といい、儂らを恐れぬ胆力といい、なかなかのお方やと見たが、よくもまあ、忌蔵たちを捨てられたの」

南禅寺が感心した。木屋町とは利助の別名であった。

「なに、そろそろ我慢が切れそうやったさかいな」

くだけた口調で利助が述べた。

「忌蔵も市松も、勢を狙っていたからな。まだ、儂を恐れておとなしくしていたが、そろそろ馬鹿をしでかしそうやったし」

「無理矢理手込めにして、婿と認めさせる……か」

右手の男がなんとも言えない顔をした。

「洛北《らくほく》の、おまんとこの息子と同じだ」

嘲弄《ちようろう》と怒りを含んだ声で、利助が言った。

「うっ」

洛北と言われた男が詰まった。

「そのていどのことで、儂が跡継ぎと認めるはずないのになあ。それに気づかんことからもわかるように、器としてたりんわ」

利助が吐き捨てた。

「だの。血の繋がりは大事やけど、それ以上に闇を纏めるだけの器量が要る。その点でいけば、儂や木屋町は幸せやの。娘がおるよって。できる男に娘を嫁がせれば、血は受け継がれるさかいな。比べて、男しかおらぬ者は不幸やで。どんな盆暗《ぼんくら》でも跡継ぎにせなあかん。馬鹿に跡を継がせて、結果滅んだ者は多いしな」

老齢の男が、洛北を見ながら言った。

「…………」

洛北が嫌な顔をした。

「内輪の話は、後でしてくれ。もう帰ってよいか」

藤川義右衛門が嘆息した。

「もう少しお待ちを」

利助がなだめた。

「早くしてくれ」

「お仕事の話を」

文句を言う藤川義右衛門をおいて、利助が一歩前に出た。

「これで、三人お願いしますわ」

「…………」

藤川義右衛門が少し目を大きくした。忌蔵たちに渡した前金の分を利助が補填《ほてん》していた。

懐から、利助が百八十両出した。

「一人あたり六十両か。奮発したの」

老齢の男が、手を伸ばした。

「ちょっと待ってな。祇園の親爺はん」

中年の女が、口を出した。

「なんじゃ、伏見」

好々爺《こうこうや》の表情のまま、祇園と呼ばれた親爺が中年の女を見た。

「これだけの大仕事でっせ。独り占めはあきまへん」

中年の女が首を左右に振った。

「儂は帰るで。もう用はすんだんやろ」

洛北が背を向けた。

「急《せ》いては損しまっせ。こっちが出すのはもう一つある」

不機嫌なまま洛北が足を止めた。

「まだあるんかいな。もらえるものはなんでもありがたい」

南禅寺が喜んだ。

「ぬか喜びになるで。聞けば、三人の獲物はかなり遣うんやろ。しかも一緒に動いているというやないか。そんなん、皆で分けたら、しけた金になるで。これでは腕の立つ刺客は用意でけへん」

伏見が注文をつけた。

「そうやなあ。一人で百八十両、受けないと危ないの」

祇園が同意した。

「譲りまへんで」

伏見が喰い下がった。

「遠慮を知ったほうが、ええ女やで」

祇園が笑った。

「利助」

辛抱できん、と藤川義右衛門が言った。

「へい。ほな、こうしましょう。この金は、三人を討ち取られたお方にまとめてお支払いしまっさ」

「競い合えというか」

利助の提案に、祇園が声を尖《とが》らせた。

「いけまへんか。忌蔵らを失ったわたしは、しばらくこの手の仕事ができまへん。それを含めてのことやと思うておくれやす」

「縄張りを渡すと」

南禅寺が身を乗り出した。

「よう話は聞きや。しばらく、うちに来たその手の依頼を任せるっちゅうただけじゃや」

「……けちくさい」

言い返された南禅寺が舌打ちをした。

「ほな、わたしらは帰りまっさ。後はそちらでよしなに。お待たせいたしました」

藤川義右衛門を促して、利助が背を向けた。

三

四十両を持った聡四郎は、待つほどもなく一条兼香の前に通された。

「今日はなんじゃ」

すでに取次の小者に、金を持参したことは報告してある。にもかかわらず、一条兼香が用件を問うた。

「これをお納め願いたく」

袱紗《ふくさ》に包まれた金を、聡四郎は差し出した。

金を渡す側が、頼んでもらってもらう。不思議なことだが、矜持の高い公家にはこう対応しなければならなかった。

「薩摩介《さつまのすけ》」

一条兼香が同席している雑掌を見た。五摂家ともなると小者でも、従七位や八位の官位を持っている。

「へい」

薩摩介が腰を屈《かが》めて聡四郎に近づき、袱紗包みを受け取って、中身をあらためた。

「四十金ございまする」

「そうか。奥へな」

金額を口にした薩摩介に、金を持って引っこめと一条兼香が命じた。

「ごめんを」

袱紗包みを目より高く掲げて、薩摩介が出ていった。

「さてと、用件は清閑寺の娘のことであったな」

礼もなく、一条兼香が用件に移った。

「上様と竹姫さまのご婚姻のご手配を一条さまにお願い致したく」

「めでたいことよ。あいわかった。麿が動こう」

昨日と違って、一条兼香があっさりと引き受けた。

「畏れ入りまする」

聡四郎は平伏した。

「ただ、皆を同意させるにはちと……の」

手にした扇で口を隠しながら、一条兼香が聡四郎を見た。

「京都所司代から十分に」

「そうか。ならばよい」

一条兼香がうなずいた。

「では、よろしくお願いを……」

「待て」

長居は禁物と別れの挨拶をしかけた聡四郎を一条兼香が止めた。

「竹は、征夷大将軍の正室になるには、いささか格がたりておらぬ」

一条兼香が話を始めた。

たしかに将軍の御台所になるのは、五摂家の姫か、宮家の皇女という慣例があった。清閑寺は大臣まで出せる家柄だが、五摂家に比べると劣る。一条兼香の話は、正しかった。

「はあ」

同意は格不足を認めることになる。返答がしにくい聡四郎は、中途半端な相づちを打つしかなかった。

「そこでの、麿が竹に要りようなものと学をほどこしてやろうと思う」

「卿自らでございますか」

「たわけが。朝議を支える麿が、京を離れられるわけなかろう」

問うた聡四郎を、一条兼香が叱った。

「不見識《ふけんしき》なことを申しました」

あわてて聡四郎は謝った。

「これだから昇殿もできぬ小物は困る」

一条兼香が嘆息した。

「麿の代理として、女官を江戸へ行かせる」

「女官を」

「そうじゃ」

「すでに大奥には、鈴音どのが」

一人一条家の伝手で受け入れていると聡四郎が返した。

「鈴音……ああ、あの者か。あれではいかぬ。あれは従七位の娘じゃ。従七位は堂《とう》上人《しょうびと》ではない。格が低いゆえ、五摂家の姫としての教育はできぬ」

「五摂家の姫……」

聡四郎は一条兼香の言葉に反応した。

「なんじゃ、わかっておらぬのか」

一条兼香があきれた。

「将軍の御台所は、五摂家から出すのが慣例じゃ。つまりこのままでは竹の輿入れに支障が出よう。よって、麿の養女としてくれるのだ」

「卿のご養女さまに」

似たような話を聡四郎は経験している。己の妻である紅だ。聡四郎と紅が恋仲になったとき、いかに江戸城出入りとはいえ、町人の娘を五百五十石の旗本の嫁にはできないと反対があった。それを潰すため、紅は紀州藩主だった吉宗の養女という体裁をとった。

つまり、吉宗は聡四郎の義父になった。それと同じことを一条兼香は求めていた。

「じゃが、五摂家ともなると養女を迎えるにも準備が要る。相応の所作《しょさ》を教えねばならぬ。そのための女官を一人、江戸へくれてやる」

「お一人でございますか」

大奥の経費を削る吉宗にどう報告するかと悩んでいた聡四郎が一人と聞いて安堵《あんど》した。

「ああ、もちろん、麿の養女となった暁には、ふさわしいだけの女中たちも付けねばならぬ。そうよなあ、十人ほどおればよいかの」

一条兼香が思案した。

「…………」

聡四郎の立場では、口出しできることではなかった。断るなどとんでもない。

「今でなくともよかろう。麿が公家の娘たちのなかからよき者を選んでくれる」

「委細は水野和泉守さまと」

聡四郎は確約を避けた。

「所司代に告げればよいのだな」

京都所司代と相談してくれと言った聡四郎に対し、一条兼香は通達しておくと応じた。これは、なんと言われようともするぞという意思であり、断れば竹姫の輿入れにも影響が出るとの意味を言外に含んでいた。

「よし。これでよいな。使者、ご苦労であった」

一条兼香が聡四郎を使者と呼んだ。使者とは伝達をする者のことで、決定や提案をする資格を持たない。文句を言わず、さっさと帰って、報告しろと言っていた。

「お目通りかたじけのうございました」

相手は摂関家である。聡四郎は従うしかなかった。

「帰らはりました」

見送りをしてきた薩摩介が、一条兼香の前に顔を出した。

「ほうか。ほしたら、出かけるよってな。牛車の用意を」

一条兼香が薩摩介に支度を命じた。

「どちらへお出でなさいますので」

摂関家の当主ともなれば、寺社参拝でも前触れしておかなければならなかった。いきなり来られては、十分な対応がとれない。それでは、困るのだ。

「近衛はんのとこや」

「えっ……」

言われた薩摩介が絶句した。一条と近衛は敵対している。とくに幕府への応対では、真逆と言っていい。六代将軍家宣の御台所であった天英院の実父近衛基凞は、その治世のおり、幕府に近づき、その力を後ろ盾に朝廷を牛耳った。そのとき、一条は冷や飯を喰わされていた。家宣が亡くなり、幕府嫌いの霊元《れいげん》上皇が復権すると立場が逆転した。一条が近衛を凌駕した。

何度も血を交わしてきた仲でありながら、五摂家は近衛と一条の二つに割れていた。

「そなたでも驚くか」

一条兼香が喜んだ。

五摂家の雑掌と呼ばれる者は、公家同士の繋がりを熟知していた。血筋だけが誇りの名門ばかりなのだ。席次や呼び方をまちがえただけで、大事になる。どことどこが婚姻した、誰が昇進したなどという情報は、京都所司代よりも早く、正確に把握している。そうでなければ、務まらなかった。

「大事おまへんやろうか」

「心配しな。近衛は断らん」

一条兼香が自信満々に宣した。

「すでにさっきの武家が京に来たことは知っているはずや。それで麿の来訪を断るようなら、近衛は怖ない」

「そういうものでございますか」

主の言葉に、薩摩介が首をひねった。

「さっさとしいや」

「へい」

動けと促された薩摩介が、駆けだしていった。

一条と近衛は、乾《いぬい》御門を隔てているとはいえ、筋向かいに等しい。歩いたところで、数十歩も要らない。だが、五摂家の当主ともなれば、徒歩《かち》など許されなかった。

歩みより遅い牛車に乗って、一条兼香が近衛基凞の屋敷へ向かったのは、昼過ぎであった。

「ようこそとは言わぬぞ」

客間に一条兼香を通した近衛基凞が開口一番悪口を浴びせた。

「歓迎して欲しいとは思っておらぬわ」

孫ほど歳の差がある一条兼香だが、平然と言い返した。

「生意気な小僧め。年長者を敬うことさえできぬとは、一条も里が知れるわ」

「老獪《ろうかい》、いや、妖怪に払う敬意はないぞ。それに我が家と近衛の里は同じだ」

どちらも藤原鎌足《ふじわらのかまたり》にまで祖を遡るのだ。一条兼香の反論は近衛を黙らせた。

「さっさと用件を言え」

「茶も出さぬ家に、長居をする気はない。清閑寺の娘のことだ」

「認めぬぞ。将軍の御台所には決してさせぬ」

切り出した一条兼香に、近衛基凞が拒絶した。

「考えよ。吉宗憎しだけでものごとを判断するな」

一条兼香が、叱るように言った。

「朝廷の利だ」

「なんじゃと……」

近衛基凞が怪訝な顔をした。

「娘を将軍に嫁がせた近衛家だからわかると思ったのだがな。期待はずれだったか」

小さく一条兼香が嘆息した。

「娘を……」

言われた近衛基凞が、思案に入った。

「公武合体《こうぶがったい》じゃ」

待ちきれなかった一条兼香が答えを口にした。

「朝廷と幕府の婚姻ならば、過去何度もあるではないか。それでなにか変わったか、朝廷は」

近衛基凞が的はずれなことをと一条兼香を睨んだ。

「今までとは、経緯《いきさつ》が違う。今までは、朝廷と幕府の都合で、娘を嫁がせた。ゆえに御台所ではあったが、慈しむ相手ではなかった。三代家光は、鷹司の娘を生涯幽閉した。五代綱吉も鷹司から姫を迎えたが、卑しい女に熱を上げた。つまり、名目だけの御台所であった。だが、卿の娘は違っただろう。早世したとはいえ、家宣との間に子をなした。その後も夫婦《みょうと》の仲はよかったと聞く」

「……まさか、卿は」

意味するところを読んだ近衛基凞が、息を呑んだ。

「そうだ。公家の血を引く将軍ができるかも知れぬのだ。なにせ、吉宗が清閑寺の娘に懸想《けそう》したのだぞ。男は懸想した女を抱きたいと思う。当然の流れとして、抱けば子ができよう。そして男は、好きな女の子を跡継ぎにしたがるものだ」

「吉宗には、すでに男子があるぞ」

近衛基凞が念を入れた。

「それがどうした。公家も武家も、正室が産んだ男子こそ正統である」

「むうう」

「近衛が果たせなかった将軍の外祖父という夢、それはもうかなわぬ」

「…………」

一条兼香の言葉に近衛基凞が黙った。

「だが、それだけではなかったのだろう。娘を格下の公家の養女にしてまで甲府《こうふ》徳川へ嫁がせたのは。朝廷のためでもあったはずだ。少しでも朝廷の、公家たちの生活をよくするという思いがあったはずじゃ。近衛は、五摂家の筆頭。朝廷の藩屏だからな」

近衛家を一条兼香が持ちあげた。

「……たしかにな。愛《いと》しい娘を、誰が坂東《ばんどう》の田舎へ、粗暴な武家のもとへ喜んで嫁がせるものか。幕府からの圧力はあった。されど、それをしのぐ方法などいくつでもあった。帝のもとへ上げてもよかったし、仏門に入れることもできた。それをしなかったのは、なかなか関白になれなかった麿の思惑もあった」

順調に出世をしてきた近衛基凞は、なぜか霊元天皇に嫌われ、左大臣まで来ておきながら、右大臣の一条兼輝に先をこされ、関白になられるという屈辱を味わっていた。

「しかし、娘を武家に嫁がせるなという先祖代々の家訓を破ったのは、今の朝廷をどうにかしたいと思ったからだ」

近衛基凞が強く言った。

朝廷は皇室費用も含めて十万石のあてがい扶持で生きていた。この国のすべてを支配しているはずの天皇が、ちょっとした外様大名と同じていどの収入しかないのだ。

これでもまだ増えたほうなのだ。最初など、天皇領は三万石しかなかった。そのころは、天皇の夕餉の菜にも困るほどで、お付きの女御の衣装さえ、繕い跡が目立つほど貧しい日々だった。

「あまりである」

朝廷のたび重なる要求に、ようやく幕府が応じ、公家領を含むとはいえ、山城《やましろの》国《くに》を中心とした近隣で十万石となった。

だが、増えたとはいえ、これでは御所の生活を保つのが精一杯であった。

天皇がどれだけ男子を儲けようとも、宮家の新設は幕府に認められず、分けるだけの領地もない。天皇という我が国唯一無二の血を引いていながら、その子孫を残すことさえできず、皆、仏門に入れられているのが現状である。

「御所の修繕もままならぬ。このような状況をなんとかせねばならぬ。吾が娘を後悔のもとに差し出しても、改善できるならばと麿は断腸《だんちょう》の思いであった」

近衛基凞が己の悲劇に酔った。

「そのおかげで、六代どのの御世は、穏やかであった」

武家嫌いの霊元天皇の御世で、あつれきがなかったわけではないが、幕府は朝廷に強く圧力をかけてはこなかった。

「もし、天英院どのが男子を産み、その子が七代将軍となっていたら、卿はどうした」

一条兼香が水を向けるように問うた。

「将軍の外祖父として、朝廷領の増額を求めた。天皇領だけで十万石、五摂家は大名並み、それ以下も十倍くらいには増やしてやるつもりでおった」

単純に考えて、百万石はいる。とても幕府にその余裕はなく、夢物語である。だが、近衛基凞の願いは、朝廷全部の思いであった。

「それを果たそうではないか、卿」

一条兼香が強く言った。

「清閑寺の娘が御台所になれば、たしかに天英院は力を失い、大奥を出されるだろう。それがどうした。出されるならば、京へ迎え入れてやろうではないか。清閑寺の娘から、天英院のために一寺を洛北に建ててくれるように言わせればいい」

「娘を京に……」

「武家の江戸に、置いておくのはかわいそうであろう。雅《みやび》の里へ迎えてやろうではないか」

一条兼香が誘惑した。

「わかった。清閑寺の娘を吉宗にくれてやる」

近衛基凞がうなずいた。

「よく折れてくれたぞ。さすがは公家筆頭の近衛じゃ」

最後まで持ちあげて、一条兼香が近衛屋敷を後にした。


「帰ったか」

「へい。牛車にお乗りになられました」

近衛家の雑掌が主君の問いに、報告した。

「ふん。この儂をうまくのせたつもりなのだろうな」

近衛基凞がすさまじい目つきをした。

「小僧、きさまごときの狙いなど、この基凞が見抜けぬとでも思ったか」

口の端を近衛基凞が持ちあげた。

「清閑寺の娘が御台所になれば、吾が娘は大奥を出される。儂と幕府の繋がりが、断たれるのだ。そして、今度はきさまが、儂の後釜《あとがま》に座るつもりだろう。五摂家の当主でありながら、まだ権大納言でしかない。それが幕府の後押しで、大臣から関白へか」

小さく近衛基凞が笑った。

「若いの。政の裏をまったく理解していない。そうそう簡単に幕府が、きさまごときの言うがままになるか」

「…………」

饒舌《じようぜつ》に一条兼香を誹《そし》る近衛基凞に、雑掌が絶句していた。

「清閑寺の娘にねだらせて、吾が娘のために一寺を建立させるだと。あの吝嗇《りんしよく》な吉宗が、己に敵対した女のために、金を出すはずはなかろう」

近衛基凞が嘲笑した。

「味方はしてやろう。今はな。五摂家のうち味方は一家もないのだ。逆らったところで、数の威力で負けるだけ。負けては近衛の名前に傷が付く」

名誉こそ、命よりも重い。公家は武家などとは比べものにならないほど、矜持が高い。

「よろしおすので。江戸の姫さまより、お願いが来ておりましたはず」

雑掌が問うた。

「娘の頼みじゃ。なんとかしてやりたいが、吉宗の本気を見せられた今、うかつなまねをするわけにはいかぬ。下手をすれば、近衛の家が潰される」

今まで、幕府は公家の取り潰しをほとんどしていない。ないわけではないが、直接は手出しをしていない。朝廷へ身柄を預け、裏から潰させるという形を取っている。そのためか、一度潰れた公家も、何代か経てば、再興されていた。天皇が、名家を惜しむという勅《ちょく》を出せば、幕府でも反対できないのだ。

「近衛は潰れまへん」

雑掌が断言した。

「ああ、近衛の名前はな。多少禄を削られても、五摂家筆頭の格を奪われても、近衛は残る。ただし、その近衛に、吾が血筋はおらぬ。儂はどこかの寺へ幽閉され、息子は仏門へ入れられて、世俗から離される」

「…………」

反論できず、雑掌が黙った。

「ふん」

近衛基凞が雑掌の顔を見て鼻を鳴らした。

四

京都所司代役屋敷に戻った聡四郎だったが、すぐに水野和泉守に会うことはできなかった。名誉だけの役、老中への待機場所と成り下がった京都所司代だが、権威はある。京都周辺の大名家や、なにか陳情したい公家、幕府に取り入りたい商家などが引きも切らない。

「主の手が空きますのは、夕刻になるかと思われまする」

申しわけなさそうに新任の用人が告げた。

「ご多用であったか。では、夕刻七つ（午後四時ごろ）すぎに、今一度願おう」

聡四郎はすなおに下がった。

「よろしいのでございまするか。上様は手間取ることをお許しになりませぬ」

会えずに戻ってきた聡四郎に、大宮玄馬が危惧《きぐ》した。

「半日ていどならば、変わるまい」

聡四郎は首を左右に振った。無理な金策を頼んだのだ。とても強くは出られなかった。

「七つでございますか、二刻半（約五時間）ほどございますな」

山崎伊織が口を挟んだ。

「少し出て参ってもよろしゅうございましょうや」

「調べに行く気か」

すぐに聡四郎は、山崎伊織の意図を悟った。

「はい。藤川の行方を探して参りまする」

「一人で大事ないか」

聡四郎は危惧した。ともに行こうと言わないのは、探索にかんしては素人の聡四郎と大宮玄馬が同行することで、かえって山崎伊織の動きに掣肘《せいちゅう》を加えてしまうとわかっていたからである。

「お任せを。女の守《も》りしかしてこなかった御広敷伊賀者ごときに、山里《やまざと》伊賀者は負けませぬ」

山崎伊織が胸を張った。

伊賀組は、幕府へ反抗した結果、四つに分断された。そのなかで最大のものが大奥の警衛を主たる任務にする御広敷伊賀者であった。六十名をこえる伊賀者が配されたことで、人手が余り、三日に一度の勤務となった結果、技が落ちた。

対して江戸城の退《の》き口《ぐち》である山里郭の守衛を命じられたのが、山里伊賀者であった。山里伊賀者はわずか九名、それで江戸城の弱点である退き口を探りに来る諸大名の隠密を警戒、排除し続けてきた。いわば、ずっと腕を磨いてきたのだ。

今回藤川義右衛門の騒動で御広敷伊賀者に欠員ができ、山里伊賀者で補充した。山崎伊織もその一人であった。

「藤川義右衛門の腕は、ご存じでございましょう」

「ああ。かなり落ちていると感じた」

山崎伊織の言葉に聡四郎も同意した。

「修練を怠っておるのでしょうか」

大宮玄馬も首をかしげた。

御広敷伊賀者をまとめる組頭は、上役である御広敷用人、留守居《るすい》と遣《や》り合うのも仕事の一つである。だけに人付き合いや交渉ごともこなせなければならず、腕だけでなれるものではなかった。

とはいえ、技と腕を売りものにして乱世を生き残った伊賀者である。腕がなければ、どれほど口が達者であろうとも、仲間は従ってくれない。

御広敷伊賀者組頭は、組内でも指折りの腕利きで、交渉ごとをするだけの頭脳と度胸のある人物がついた。

「鍛錬場を使えぬからでございましょう」

「……鍛錬場」

言った山崎伊織に、聡四郎は怪訝な顔をした。

「四谷の伊賀者組屋敷のなかに一つ、高尾《たかお》の山中に一つ、伊賀者の技を磨くための鍛錬場がござる。が、組を放逐された藤川義右衛門一党は、ここに入ることができなくなりました」

「なるほどの。忍の技は独特のものだ。技を磨くにも、そこいらの町道場とはいかぬか」

聡四郎は納得した。

「それに、このあたりでは忍道具を手配することもままなりますまい。手裏剣《しゅりけん》や伊賀の毒は、江戸の四谷組屋敷か、伊賀の郷でしか、手に入りませぬ」

「伊賀で手配してきたのでは……」

大宮玄馬が問うた。

「忍の道具は値が高《たこ》うございまする。買えるほどの余裕はございますまい」

山崎伊織が否定した。

「ふむ。それならばさほどのことはあるまい。が、夕刻には水野和泉守さまと打ち合わせをして、今後どう動くか決まる。ただちに移動ということもある。きっと六つ（午後六時ごろ）までには、戻って来るように」

制限を付けて聡四郎は山崎伊織の行動を許可した。

「承知」

首肯した山崎伊織が京都所司代役屋敷を出た。

「忍がまぎれるならば、人の多いところ。それも毎日顔ぶれが変わるような場所がよい。山奥などは、他人目につかないと思いがちだが、わずかな違和が目立つ」

人の来ない山に隠れればよいと思われがちだが、それは逃げるときの手段であり、敵を狙っているときにはふさわしくなかった。

普段人の通らない獣道の草が踏まれて折れている、木の肌にすり傷があるなど、山に慣れた者が見ればわかるぐらい、いろいろな痕跡が残る。

対して、人混みは雑多な男女が出入りするので、よそ者が一人や二人入りこんだところで、気にも留められない。

「……………」

山崎伊織は迷うことなく、南へと足を向けた。

二条を南に下り、左へ曲がれば京の遊びどころである祇園である。

「見事な紅殻《ベンガラ》格子だ。さぞかし高いことだろう」

山崎伊織は田舎の藩士が、旅の途中、京見物をしているといった風を装った。こうすれば、しつこい客引きも近づいては来なかった。

お上りの田舎藩士に金がないのは誰もが知っている。京には独自の産業がない。耕地も少なく、特産品といえば織物ていどである。当然、集まってくる人の落とす金に頼ることになる。その最たる客引きは、一目でそいつが金を持っているか持っていないかを見抜く。

客引きにもわずらわされず、山崎伊織は祇園の茶屋街をゆっくりと二周した。

「感じぬ」

四条大橋に戻った山崎伊織は、藤川義右衛門の気配を探れなかった。

「目がついていない」

山崎伊織は、屈みこんで草鞋の紐《ひも》をなおす振りをしながら、周囲を見た。誰も山崎伊織に注意を向けていなかった。

「残るは木屋町か」

すでに一刻（約二時間）以上経っている。山崎伊織は、急ぎ足で高瀬川の川沿いを二条へとのぼった。

「あれは……」

茶屋の二階にいた藤川義右衛門が、山崎伊織を見つけた。

「……」

すばやく身体を翻して、藤川義右衛門が身を潜めた。

「どないしはりましたんえ」

酒の用意をしていた勢が問うた。

「ちと出かけてくる」

窓に姿が映らないよう、気にしながら藤川義右衛門が両刀を腰に差して、階段を下りていった。

「どないしたんやろ」

気になった勢が、二階の窓から外を見下ろした。

「いつもと変わりまへんけどなあ」

高瀬川を挟んだ対岸には、多くの人が浮かれている。

「どこへ行かはったんか」

すぐに興味を藤川義右衛門へ戻した勢が、探した。

「……いてはらへん」

いかに闇の住人とはいえ隠形《おんぎょう》に入った忍を、見つけ出すことはできなかった。

「ほんまに、あのお人はなにもんでっしゃろ」

勢が呟いた。

「二階に女はおるが、男は見えぬな」

しっかり山崎伊織は勢に気づいていた。

「やはり、なにも感じぬか」

山崎伊織は無駄足だったかと嘆息した。

「伊織」

「……っ」

ふいに耳に届いた声に、山崎伊織が反応した。

「藤川」

山崎伊織がすばやく川岸の柳に身を隠した。

「無駄だ。すでにおまえは、見つかっている」

藤川義右衛門が嘲笑した。

「ちっ」

山崎伊織は舌打ちをした。

忍同士の戦いでは、先に相手を見つけたほうが、有利になる。山崎伊織は柳の木を捨てて、駆けだした。

「無駄なことを」

藤川義右衛門の声がしっかりと追ってきた。

「そこか……くらえっ」

動けば気配は生まれる。山崎伊織は、藤川義右衛門を見つけた。高瀬川に浮かぶ小舟の陰から気配はしていた。山崎伊織が棒手裏剣を撃った。

棒手裏剣は鉄の塊である。小舟の舷側くらい破壊するだけの力はあった。ただ、そこですべての勢いを失い、貫通はできなかった。

「……………」

小舟の陰から、藤川義右衛門が跳んだ。

「おろかな」

空中で大きな動きはできない。身体をひねるのが精一杯である。山崎伊織は、嘲笑しながら、棒手裏剣を両手で続けさまに投げた。

「ふん」

それを藤川義右衛門がかわし、無理なものは手足で弾《はじ》いた。

「……馬鹿な」

刀ではなく、素手で手裏剣を防いだ藤川義右衛門に山崎伊織が絶句した。

棒手裏剣は巨大な針のような形をしている。先端は尖り、突き刺さればその重さもあって、骨を貫通する威力を持つが、側面はただの棒である。そこを打てば、手裏剣を怪我なく弾けた。言葉にすれば簡単だが、高速で飛んでくる手裏剣の軌道を見きわめ、機を合わさなければならず、かなりの手練《てだ》れでなければなしえない高等な技であった。

「なめられたものだ。御広敷伊賀者組頭ぞ、吾は。棒手裏剣など赤子《あかご》のころから使っているのだ。これくらいできずして、どうする」

藤川義右衛門が、空中でつかみ取っていた手裏剣の一本を、山崎伊織目がけて投じ返した。

「…………」

さすがに喰らうほど愚かではないが、驚きで気迫を奪われ、相手にその場を支配された状況は、山崎伊織にとって回復しがたいものであった。

「伊織、よく聞け。忍が本来の地位を取り戻す好機ぞ。吾に与《くみ》せ」

「寝言を言うな。すでに世は定まり、忍の働いた乱世は遠い」

山崎伊織が反論した。

「乱世が再来するのだ」

「ありえぬ」

重ねて言った藤川義右衛門に、山崎伊織が首を左右に振った。

「将軍が死ねば、いや、殺されれば、天下はその責を問う者、次代を狙う者で混迷に陥る。武士が武士としての気概を失い、己の鍛錬を忘れた今、天下の趨勢《すうせい》を左右できるのは、連綿と苦行に耐えてきた伊賀者だけじゃ。我らが味方した者が天下人《てんかびと》、将軍になる。そう、新将軍誕生の最功労者こそ、伊賀者だ」

「夢を見すぎだ、おまえは」

滔々《とうとう》と言う藤川義右衛門に、山崎伊織があきれた。

「まず、上様をどうやって害する。江戸城の奥深くで、数千の者に守られておられるのだ」

「旗本など、百人いても一人の忍も止められまい」

「…………」

これは事実である。旗本、御家人といえども、天井裏、床下まで警固してはいない。伊賀者が三人いれば、まちがいなく一人を将軍のもとへ届けられる。

「御庭之者がいる」

「紀州の僧兵崩れなど、端から敵ではないわ。それより……」

藤川義右衛門が下卑た笑いを浮かべた。

「伊織、おぬし、伊賀者が防ぐとは言わなかったな」

「なっ……」

指摘に、山崎伊織が虚を突かれた。

「伊賀者を将軍の警固から無意識に外した。これは、そなたにも今の境遇に対する不満があるということ」

「馬鹿を言うな。今の御広敷伊賀者は、上様に忠誠を誓っている」

山崎伊織が抗弁した。

「なら、なぜ伊賀者がいると言わなかった」

「それは……」

追及された山崎伊織が詰まった。

「伊賀者は虐《しいた》げられている。それは伊賀者すべてがわかっている」

藤川義右衛門が話した。

「黙れ」

「わずか三十俵三人扶持。一年十二両ほど。それだけで伊賀者をくりつけていられるのだ。幕府、いや、徳川は大もうけだな」

戦国のころ、伊賀者を雇うには、かなりの金が要った。当たり前である。死ぬような修練を積み、人外とまで言われる技を身につけた忍を雇うのだ。技術と成果に見合うだけの金がかかる。また、伊賀者はどこにも仕えていないので、禄がない。安定した収入がないのだ。次にいつ仕事があるかわからないとなれば、そのぶんも費用に上乗せする。

伊賀者を雇うには、相当な費用を覚悟しなければならなかった。

「神君家康公最大の苦難、本能寺の変に伴う伊賀越え、その褒賞《ほうしよう》だとごまかして幕府は二百人の伊賀者を同心として抱えた。礼だと言いながら、じつは伊賀者の弱みにつけこんだだけ。敵に回せばやっかいな伊賀者を取りこみ、高い金を払わずして使い回す。まさに妙手であったわ」

苦い顔で藤川義右衛門が続けた。

「伊賀者の弱みだと……」

「わからぬ振りをするな。伊賀は誰にも与しないという矜持の裏返し。いつ伊賀に仕事が来なくなるか、田畑だけでは喰えない貧しい土地の不安」

「…………」

すでに代を重ね、そのころのことを知る者はいないが、禄で生きている武士には身につまされる話であった。主家に何かあって、あるいは罪を得て、禄を奪われた武士は、いきなり生活の術《すべ》を失う。まさに、明日喰えなくなるのだ。これは、伊賀者だけではなく、すべての主持《しゅうも》ちがもつ恐怖であった。

「幕府における伊賀の歴史を思い出せ。三代服部半蔵の暴虐からの解放、同じ忍でありながら与力になった甲賀《こうが》と同じ扱いを求めただけなのに、伊賀組は制圧され、分断された」

長善寺《ちょうぜんじ》の乱とか四谷伊賀の乱と呼ばれる騒動のことを藤川義右衛門は言い出した。

「古い話を持ち出すな」

拒みながらも、山崎伊織は頬をゆがめた。

不思議なことに、忍のなかで甲賀だけが与力であった。与力といっても町方与力のように二百石ももらえるわけではなく、八十俵しかないが、それでも同心よりも格上であり、禄も伊賀者の倍以上あった。

これをすべての伊賀者が、不満に思っていた。なぜ、功績のない甲賀が与力で、伊賀越えで家康を助けた伊賀者が同心なのか、謎であった。

功績がないどころではすまなかった。甲賀は、徳川を裏切ったのだ。

関ヶ原の合戦、その緒戦となったのは、京伏見城の攻防戦であった。豊臣秀吉が建てた伏見城は、いつの間にか家康の京における居城となっていた。家康は、上杉《うえすぎ》征伐を口実に東下するとき、石田三成《いしだみつなり》が辛抱しきれず挙兵すると読んでいた。

「すまぬ。捨て石になってくれい」

家康は忠義厚い旗本鳥居元忠《とりいもとただ》に一千八百の兵を預けて残した。このなかに甲賀衆もいた。

伏見城は秀吉が隠居城として造っただけに、巨大であり難攻不落であった。大軍をもって押し寄せた石田三成、小西行長《こにしゆきなが》らは攻めあぐみ、甲賀を支配していた水口《みずぐち》城主長束正家《なつかまさいえ》を通じて、籠城《ろうじょう》している甲賀衆の家族を探し出し、寝返らねば磔《はりつけ》にすると脅した。

その脅しに甲賀衆は屈し、伏見城に火をつけた。

内応者が出てしまえば、どれほどの堅城といえども、保《も》たない。たちまち伏見城は落ち、鳥居元忠は雑賀衆《さいかしゅう》の鈴木孫一《すずきまごいち》によって首を討たれた。

「裏切り者の甲賀が与力で、伊賀が同心。なぜだかわかるか」

さらに藤川義右衛門が続けた。

「簡単なことじゃ。幕府は伊賀を恐れているからよ」

「恐れているからだと。なぜ、恐れれば同心なのだ」

思わず、山崎伊織が問い返した。

「力を持たせれば、天下を取ってしまう。それを恐れたのだ」

「馬鹿なことを申すな。恐れるならば、より多くの禄を与えて取りこむべきであろう。組頭だった服部家が八千石をもらっていたことを忘れたか。二代服部半蔵は、江戸城の門に名前を残すほど神君家康公から厚く信頼され、死ぬまで忠義を尽くしたではないか」

山崎伊織が反論した。

「服部家は忍ではない。旗本としての槍働きで禄を得たのだ。三半蔵といわれた服部半蔵の異名《いみよう》はなんだ」

藤川義右衛門が問い返した。

徳川家康の家臣に、三半蔵とうたわれた名物があった。

「渡辺半蔵、鬼半蔵。高力半蔵、仏半蔵。服部半蔵、槍半蔵」

山崎伊織が口にした。渡辺半蔵は鬼のように強い、高力半蔵は施政において民を思うこと仏のごとく、そして服部半蔵は、槍を扱わせれば徳川一だという意味である。

「わかっただろう。服部は伊賀者ではない。ただの同郷だ」

「むうう」

反論する言葉を山崎伊織はなくした。

「伊賀者は恐れられた。ゆえに力を持たぬように薄禄でおかれた。裕福にすれば、子を産み育てて数が増える。ぎりぎりの生活だと、跡継ぎ以外の子を産めまい」

「……………」

これも事実であった。伊賀者同心の家には、次男、三男まで育てるだけの余裕はなかった。生まれたばかりの赤子を濡れ紙で覆って、間引くことはままおこなわれていた。それを逃れても六歳から町屋へ奉公に出され、侍でなくなるのが普通であった。

「それに金がなければ、手裏剣も買えまい。毒も作れぬ。こうして伊賀者は力を奪われたのだ」

「そんなことはない。幕府は伊賀者を抱えてくれた」

強く山崎伊織が主張した。

「喰うだけの田畑もなく、命をかけた忍仕事で得た金で、一族郎党が粥をすすってきた。それを徳川は、禄という未来永劫《えいごう》もらえるものを与えてくれた。たしかに貧しい。だが、飢えることはない。明日の米がある。この安堵に優るものなどないわ」

山崎伊織が反論した。

「犬に成り下がっただけだな」

「…………」

嘲笑する藤川義右衛門に、山崎伊織が黙った。

「伊賀は独立独歩。どこの大名にも与さず、その場限りの仕事だけで生きてきた。先祖の矜持を忘れたか」

「誇りで喰えるわけではない」

「公家は誇りで生きているぞ」

否定した山崎伊織に、藤川義右衛門が返した。

「それしかないからであろうが」

山崎伊織が反駁《はんばく》した。

「公家は血筋という誇りを武器に生きている。いや、生かされている」

「幕府に飼われているには違いないが、しかし、公家は矜持を失っていないぞ」

言いぶんの一部を認めながらも、藤川義右衛門が首を横に振った。

「忍に誇りなど不要」

言い負かされそうになった山崎伊織が、逃げた。

「ああ、たしかに誇りは要らぬ。だがの、なくしてはならぬものがあろう」

藤川義右衛門が、声を柔らかくした。

「なくしてはならぬもの……」

意外な質問に、山崎伊織が困惑した。

「忍の技よ。公家が血に生きるならば、忍は技に生きる。そうであろう」

「むうう」

正論である。山崎伊織はなにも言えなかった。

「技を鈍らせた伊賀者など、忍ではない。ただの御家人よ。禄を子供に受け継がせることだけに汲々《きゆうきゆう》とし、ただ一杯の酒を楽しむ。ただの凡人ではないか、今の伊賀者は」

藤川義右衛門が伊賀者同心を弾劾した。

「乱世の闇を支配し、難攻不落の城に入りこみ、警固の厚い敵将を討つ。一人で武者百人の働きをすると恐れられた伊賀者が、このていたらくだ。これが徳川の策だったのだ。その証拠が庭之者よ。今でこそ、数は少なく、仕事は探索御用と御休息の間警固だけだが、いずれ増えていき、やがては大奥警固も庭之者に奪われる。そうなったとき、伊賀者は逆らえるのか。牙を抜かれた狼が、首輪をかみ切れるのか」

「……御上《おかみ》の決定とあらば、したがわねばなるまい。それが家臣というものだ」

精一杯の虚勢を、山崎伊織が張った。

「笑わせる。禄に固執するようになっては、忍ではない」

「きさま、組を追放された身分で……」

「心がうずかぬのか」

糾弾しようとした山崎伊織に、藤川義右衛門が被せた。

「戦いの帰趨《きすう》をたった一人で変えた伊賀者の姿に、あこがれぬのか」

藤川義右衛門が山崎伊織を見た。

「先祖たちが君臨した乱世の闇。それがまた来るのだ。いや、呼ぶのだ。伊賀の時代をな」

「黙れ」

熱を帯びたように語る藤川義右衛門を、山崎伊織が怒鳴った。

「謀反人が、口を開くな」

山崎伊織が残っていた手裏剣を惜しげもなく撃った。

「頭に血が上った状態で、当てられるか」

鼻先で藤川義右衛門が笑った。

「怒った段階で、身体の筋は固くなる。追いつけまい」

さっと藤川義右衛門が背を向けた。

「待て……」

足を前に出そうとした山崎伊織は、怒りで身体中に力が入っていたことを理解した。固くなった筋は、一度やわらかくたわめないと、一歩も前へ出られないのだ。

「ちっ」

まさに刹那の差だが、山崎伊織は遅れた。すっと藤川義右衛門の姿が木立のなかに溶けこんだ。

「しまった」

隠形に入った忍を探し出すのは、困難である。姿を隠すのではなく、気配を消す。隠形は、まさに忍の真骨頂であった。

「かつての伊賀者ならば、隻眼《せきがん》の忍ごときに手こずらなかったものを」

忙《せわ》しなく目を動かして、藤川義右衛門を探す山崎伊織に、声だけが聞こえた。

「忍の魂を思い出せ」

それを最後に、藤川義右衛門の声も途絶えた。

「…………」

山崎伊織の嚙んだ唇から、血が流れた。


「おかえりやす」

窓から入ってきた藤川義右衛門を、勢が出迎えた。

「表から出入りしておくれやすな。誰かに見られたら、ご近所さんからおかしな目で見られます」

勢が苦情を申し立てた。

「酒を」

勢の文句を聞き流して、藤川義右衛門が命じた。

「ほんにもう。坂東のお方は……」

口を尖らせながら、勢が台所へと向かった。

「さて、種は蒔《ま》いた。蠱毒《こどく》の術の成果、見物《みもの》じゃな」

藤川義右衛門が、小さく口の端を吊り上げた。

第五章　離京の途

一

幕府には継飛脚《つぎびきやく》という連絡手段があった。継飛脚は問屋場《といやば》ごとに人を代え、昼夜を問わず走り続けるもので、江戸と京の間を三日から四日で繋《つな》いだ。

天正《てんしょう》十八（一五九〇）年、徳川家康が江戸へ移封《いほう》されたとき、京の情報を少しでも早く知るために設立し、三代将軍家光が全国を繋ぐ通信手段として確立した。

「水城、そなたに継飛脚じゃ」

京での用件を終え、そろそろ江戸へ戻ろうかと本陣の手配を考えていた聡四郎を、水野和泉守が呼び出した。

「わたくしに……」

後日始末書を書かされたほど権威のあるものではなかった。

聡四郎は驚いた。

継飛脚は将軍あるいは老中の用を主としている。公用で使った佐渡《さど》奉行が、後日始末書を書かされたほど権威のあるものではなかった。

「急げ、継飛脚を出されるほどだ、よほどのことであろう」

水野和泉守が急かした。

「拝見いたしまする」

手渡された書状の封を聡四郎は切った。

「上様から……」

聡四郎は書状を読んだ。

「…………」

「どうした」

額にしわを寄せた聡四郎を見た水野和泉守が訊いた。

「急なお召しでございまする」

「なにかあったのか」

将軍が継飛脚を使ってまで、御広敷用人を呼び戻す。執政を目している役人ならば、見過ごせない話であった。

「披見を禁ずと書かれておりますゆえ、お見せするわけには参りませぬが」

金のことで世話になっている。むげに断ることはできなかった。

「わかっておる」

水野和泉守もそのへんは心得ていた。無理強いをして聡四郎の機嫌を悪くし、吉宗に水野和泉守はこのようなまねをいたしましたと報告されては、困るのだ。

「大奥ではない奥の問題が起こったそうでございまする」

「……大奥以外だと。諸藩の奥に、なぜ御広敷用人がかかわるのだ」

当然の疑問を水野和泉守が口にした。

「女のことなら、御広敷用人に優る者はないとの仰せで」

聡四郎は嘆息した。

「……たしかにそうだが、どこの奥だ」

「あいにく」

答えず聡四郎は首を左右に振った。

「そこは口頭か」

「いつも上様はお言葉でお命じになられますゆえ」

これもまちがってはいないが、正確に今回のことを告げてはいなかった。

「そうか。もし、余が知っておいたほうがよい大名家であったときは……」

「西国のいずれかでありましたときは、今回のお気遣いに対するいささかの返礼として、お報せいたしまする」

取引を持ちかけてきた水野和泉守に、聡四郎は応じた。

「けっこうだ。馬を使うか。用意させるぞ」

水野和泉守が気遣いを見せた。

「目立ちすぎましょう」

早馬が京都所司代から出る。公家を始めとする西国諸大名たちが耳目をそばだてて京都所司代を見ているのだ。たちまち、噂になる。

「たしかにな」

水野和泉守が納得した。

「宿の手配も無駄か」

「はい。上様のご指示で、できるだけ早く江戸へ帰らなければなりませぬ。夜旅をかけることもございましょう。宿の予定が立ちませせぬ」

聡四郎は首肯した。

「わかった。ご苦労であった」

「お世話になりましたこと、深く感謝いたしております。いずれ、江戸でお目にかかるかと思いまする。そのときもよしなにお願いをいたしまする」

近いうちに老中として江戸へ凱旋するだろうと、聡四郎は持ちあげた。

「うむ。その節は訪ねて参れ。悪いようにはせぬ」

出世を匂わされた水野和泉守が喜んだ。

「では、御免を」

一礼して聡四郎は、水野和泉守の前を下がった。

旅の支度は手間なものである。洗っていた下帯や襦袢《じゅばん》などを取りこみ、急いで荷造りをしても二刻（約四時間）はかかる。洗濯物が乾いてくれないことには、どうしようもないからだ。

「後からわたくしが追いますので、ご用人さまたちはお先に」

山崎伊織が二人に先行してくれと言った。

「すまぬ」

「申しわけございませぬ」

伊賀者である山崎伊織の足は速い。聡四郎と大宮玄馬は手荷物だけを持って、京都所司代役屋敷を出た。

「草津《くさつ》までには追いつきましょう」

山崎伊織が見送った。


「…………」

聡四郎はひたすら、東海道を下った。

「殿」

問いたげな大宮玄馬にも聡四郎は無言を貫いた。

主君の反応をしつこく求めるのは無礼である。大宮玄馬も沈黙した。

剣術遣いの足は速い。一刻ほどで二人は逢坂《おうさか》の関《せき》をこえた。

「京を出たか」

聡四郎が小さく嘆息した。

「殿、不意の出立《しゅったつ》でございましたが、なにか」

辛抱していた大宮玄馬が問うた。

「上様からのご指示である」

「継飛脚を使ってまでの……」

もと御家人の三男だった大宮玄馬である。継飛脚の持つ意味をすぐに理解した。

「京での仕事を放り投げてまでとは書いてなかったが、幸い、目処《めど》は立っている。なにより、これ以上京にいては、なにかとまずかろう」

刺客の問題は一向に進展しない。先日の刺客四人の死体は京都東町奉行所に渡されたが、どこの誰かはわかっていなかった。

「なんの報告もない。幕府役人が無頼の刺客に襲われたのだ。町奉行所の面目にかけても、下手人あるいは、かかわりある者を捕縛せねばならぬ。だというに、なんの動きもない。我らへの聴取さえおこなわれなかった」

聡四郎はあきれていた。

被害者への聞き取りは、なにより大事なことだ。事情を知るか知らないか、相手を見たことがあるかないか、襲われた前後の状況など、被害者から得られる情報は多岐にわたる。いや、これなくして犯人追及はなしえないと断言できる。

それなのに京都東町奉行所は、一切聡四郎へ接触してこなかった。

「どういうことでございましょう」

大宮玄馬も不審げな顔をした。

「調べるまでもなく、どこの誰かわかったのだろう。あやつらは人を殺し慣れていた」

「はい。そのようなことを口走っておりました」

忌蔵の言葉を聡四郎と大宮玄馬は覚えていた。

「それでいて、寺の多いところとはいえ、白昼堂々顔を晒して襲い来たのだ。捕まらないとの自信がなければありえまい」

「京都東町奉行所が、刺客らと繫がっている」

「繫がっているとまでいうのは悪いかも知れぬが、少なくともかかわりはあるだろう」

聡四郎が苦く頰をゆがめた。

「京都東町奉行所が刺客たちの身許をあきらかにし、洛中に触れでも出すか、同心を動かすかしたならば、吾も急がなかったが……」

ため息を吐きながら、聡四郎は続けた。

「刺客の仲間は、あやつらが失敗したとすぐに知ったはずだ。幕府役人を襲って返り討ちにあった。それでも町奉行所は動かない。そうなれば、刺客どもはどう考える」

「我らを襲っても大事ないと」

「そうだ」

大宮玄馬の答えを聡四郎は認めた。

「これ以上面倒は御免だ。見知らぬ土地で、町方が敵。これでは、勝てる戦も勝てぬ。地の利をまったく失っているからな」

「はい」

大宮玄馬が同意した。

「京を離れてしまえば、少なくとも地の利はかかわりなくなる」

「では、まだ襲い来ると」

警戒していると言ったも同然の聡四郎に、大宮玄馬が尋ねた。

「刺客は金で動く。失敗した者に金を黙って払うほど、依頼した者の心が広ければ別だろうが」

聡四郎が述べた。

「そのような者はおりますまい」

大宮玄馬が応えた。

「有利なところで戦えというのも師の教えだしの」

「さようでございました」

山のなかに入ると伸びた木々で日差しがかげり、薄暗くなる。

「来たか」

足を止めた大宮玄馬が、振り向いて脇差を抜いた。

「なんでござろう」

少し後ろに藩士風の武家が三人いた。

「物騒《ぶっそう》な。盗賊だな」

藩士風の一人が、大宮玄馬の行動を咎めた。

「…………」

大宮玄馬は油断なく構えた。

「おぬし、主人であろう。従者を抑えてくれぬか」

年嵩《としかさ》の藩士風の男が、聡四郎に求めた。

「吾が主人だとなぜ知っている」

聡四郎は、嘲笑を浮かべた。

「…………」

今度は藩士風の男が黙った。

「後をつけてくるだけならば、江戸へ向かうには同じ道だという言いわけも通じるだろうが、ずっと同じ間合いで他人気《ひとけ》がなくなるなり近づいてくる。これで気づかぬわけなかろう」

聡四郎が小さく首を横に振った。

「なんのことだか」

「そうか。わからぬか。ならば、先に行かれるがよい」

認めない藩士風の男に、聡四郎は告げた。

「そういたす。おい、田屋《たや》、水落《みずおち》」

藩士風の男が、同行の二人を促した。

「お先」

大宮玄馬から遠くはなれて迂回した三人が、聡四郎に軽く頭を下げた。武士同士、礼には礼で応じなければならない。聡四郎も少し頭を下げた。

頭《こうべ》を垂れると目は地面へと向き、相手から外れる。

「…………」

三人の藩士風の男が無言で聡四郎に襲いかかった。

「馬鹿ども」

大宮玄馬が見逃すはずはなかった。

「田屋、水落」

年嵩の藩士風の男一人が、後ろに跳んで大宮玄馬の切っ先を避けながら、仲間を気遣った。

呼ばれた二人の首から血が噴き出した。大宮玄馬は一度の動きで、田屋の右、水落の左の血脈を刎《は》ねたのだ。

「ありえん。我らは道場で皆伝《かいでん》以上のものぞ。人も斬り慣れている。それが、従者風情に一撃で二人も屠《ほふ》られるなど」

間合いを空けた年嵩の藩士風の男が、太刀を青眼《せいがん》に構えながら驚愕した。

「数が一桁《けた》違うのだろうな」

聡四郎が太刀を鞘走らせた。

「偽りを申すな。旗本が人を斬って無事ですむはずなかろう」

藩士風の男が喚《わめ》いた。

無礼討ちは通らなかった。いや、限定されていた。己への無礼での抜刀は、どのような結果であれ切腹が決まりであった。唯一、無礼討ちが許されるのは、主家へのものだけであった。

武士だから人を斬っても罪に問われないというのは幻想でしかなかった。とくに旗本は、天下の武士の模範たらねばならないだけに、恣意《しい》での抜刀は厳罰になる。

「知っているか、無道に斬りかかって来た者を返り討ちにしたときは、咎められないと」

聡四郎は切っ先を藩士風の男に向けた。

「返り討ちで、それだけの数を……」

藩士風の男が絶句した。

「したくはないがな、上様が人使いの荒いお方でな」

「う、上様」

将軍が出てきたことに藩士風の男が目を剝いた。

「不思議ではなかろう。旗本の主は、将軍と決まっている。旗本は上様のご意思でのみ動く」

「将軍の意思……」

「今回も同じだ。つまり、おまえたちは上様の御用を邪魔したことになる」

「ひっ」

聡四郎に言われた藩士風の男が顔色を変えた。

「もうこの国のどこにも、そなたの居場所はない。いや、一箇所だけあるな。町奉行所の牢のなかだ」

「牢に入れば、生きておられぬ」

藩士風の男が泣きそうな声を出した。

「京都町奉行所の牢ではない。江戸町奉行所だ。そこなら京の手も届くまい」

「…………」

藩士風の男が黙った。

「ここで返り討ちを望むか」

「…………」

聡四郎に言われた藩士風の男が、ちらと倒れている二人に目をやった。

「洗いざらい話せば、江戸町奉行も悪くはすまい。京の闇に手を入れられるとなれば、とくにな」

「京都町奉行の責を問うと」

藩士風の男が聡四郎の口にした意味を読んだ。

京都町奉行はその多くが江戸町奉行へと栄転していく。江戸町奉行は旗本の顕官《けんかん》といわれる垂涎《すいぜん》の役目であった。激務で、役得もほとんどないが、寺社、勘定と並ぶ三奉行として政に参画できる。旗本で政に参加できるのは、江戸町奉行と勘定奉行しかない。このどちらかに選ばれることは、旗本のなかの逸材との意味でもあり、その栄誉はすさまじい。実利として、隠居してからの加増と跡継ぎの栄達《えいたつ》が約束される。

ただ、江戸町奉行は南北の二人しかいない。対して、江戸町奉行を狙える役目は、京都町奉行、大坂町奉行の他に目付《めつけ》、長崎奉行など多岐にわたる。競争が激しいのだ。

なにより江戸町奉行に上がるには、現在の町奉行の席が空かなければならない。江戸町奉行は、つねに失脚を狙われている。

となれば、江戸町奉行も黙ってはいなかった。ようやく上り詰めた役目をそうそうに失ってはたまらない。江戸町奉行は、己の地位を狙っている連中の失策を待っている。陥《おとしい》れれば、その後、誰が来ようともまず新任の三年は上を狙えないからである。

「どうする。京へ戻って新手《あらて》とともに再戦をというならば、受ける。ただし、そのときは、最初にそなたの首をもらう」

聡四郎の宣言に合わせて、大宮玄馬が一歩前に出た。

「わ、わかった」

藩士風の男が、刀を鞘へ納めた。

「江戸へ下るには金が要るだろう。我らはこのまま先へ行く。片づけはそちらでするがいい。玄馬」

聡四郎は歩き出した。

「はっ」

まだ血塗られた脇差を手にしたまま、大宮玄馬が聡四郎の後に続いた。

「…………」

残された藩士風の男が、死んだ仲間の懐へ手を入れるのを大宮玄馬が嫌そうな顔で見た。

「なにか言いたそうだな」

聡四郎が促した。

「いかに死人とはいえ、懐をまさぐるなど……それも仲間でございましょう。人にはできぬ所行。それを黙認なさるのはいかがでしょうや」

大宮玄馬が吐き捨てるように言った。

「そうだな。玄馬は正しい」

聡四郎は前を向いたまま語った。

「江戸までは遠い。金もかかる。あの手の連中が、道中で懐を寒くしてみよ。どのようなまねをするか」

「追いはぎ、斬り盗り強盗をすると……」

「押し借《おが》りもあるな」

淡々と聡四郎は続けた。

「たしかに死人をあさるなど、犬畜生のすることだが、それで庶民の難儀が一つでも減るならばの」

「考えがいたりませんでした」

大宮玄馬が脇差をしまって、頭を下げた。

「気にするな。世間は、玄馬と同じだ。こういう考えは、上様に近い。いつのまにか、吾も上様に毒されているようだ」

聡四郎が苦笑した。

二

三人の武士を送り出した南禅寺の親方は、見張りのために付けておいた若い男から敗北を聞かされた。

逢坂の関の手前、小さな茶店の前の床几《しょうぎ》に京の闇を仕切る五人の親方たちが座っていた。

「なんやと、二人倒され、一人が逃げた」

南禅寺が大きな声を出した。

「えらい失態でんなあ。洛東で知られた南禅寺はんの手札が三枚も潰れた。そのうち一枚は、命を惜しんで逃げた。これでは、二度と南禅寺はんにこの手のお仕事を頼む人は出はりませんやろなあ」

隣に座っていた女親方の伏見が、わざとらしく顔を覆った。

「…………」

南禅寺は反論しなかった。

刺客は闇そのものであった。重罪の最たるものの人殺しをさせるのだ。十分な金を渡さないと引き受けてはくれない。依頼人は見合うだけの金を渡しただけでなく、闇に顔と名前を覚えられてしまう危険を冒している。成功してくれればまだ危ない橋を渡っただけの値打ちは出るが、失敗しては目も当てられなかった。

相手に狙われていると教えてしまうからである。命を狙われて、平然としている者はまずいない。誰がなんのために狙ってくるのかを調べる。なかには、調べないまでもあいつだと気づくこともある。そうなっては、真っ青であった。

やり返されるか、御上に訴え出られるか、どちらにせよ対応されてしまう。そうならないように、刺客業は絶対の信用が要った。

その信用を南禅寺は失った。

「おまえらが黙っとけば、すむこっちゃ」

南禅寺がじろりと睨んだ。

「あたしはしゃべりまへんけどなあ。人の口に戸は立てられへんいいますよって」

どぎつい赤の紅を塗った唇の端を伏見が持ちあげた。

「……きさま」

「なんですのん。負け犬はん」

伏見が嘲笑した。

「次はあたしの番。引っこんでおいやす」

「女のくせに……図に乗りやがって」

南禅寺が切れた。

「図に乗っているのは、おまえはんや」

「そうだ。順番は守ってもらおう。誰が獲物を狩るか。きっちり辻占《つじうら》で決めたやろ。あんたが一番、伏見の姉が二番てな、もっとも有利な一番手を生かしきれなかったのは、あんたが失敗しただけや」

「駒が弱かっただけや。こんどこそ……」

「眠たいこと言いな」

伏見が雰囲気を変えた。

「次なんぞあるかいな。男っちゅうのは、その辺を心得てへん。ええか、一回生まれ出た赤子は、二度と女の腹へ戻せへんのじゃ」

「うっ……」

伏見の剣幕に、南禅寺が退いた。

「引っこんどき。出し惜しみしたあんたが悪いんや」

伏見が南禅寺を押しのけた。

「槍介《やりすけ》、片づけておいで」

少し離れたところでたむろしていた男の一人に、伏見が手を振った。

「やっとでっか。ほな、ちと行てきますわ。おい、行くで」

周りにいた男たちを促して、槍介と呼ばれた大柄な男が街道を下り始めた。

「おい。見張れ」

利助が先ほど報告に来た若い男に合図した。

「へい」

若い男がかなり離れて、槍介の後を追った。

「伏見はんの切り札、見せてもらうで」

利助がにやりと笑った。


逢坂の関をこえた聡四郎は足取りを普段に戻した。

「急がなくてよろしいので」

大宮玄馬が問うた。

「あれだけですむとは思えぬ。刺客を連れての旅は面倒だ」

聡四郎はまだ次の手があると考えていた。

「はい」

大宮玄馬が緊張した。

「おおい、そこの侍、待て」

後ろから声がした。

「伏見奉行所のもんや。ちいとお改めの儀がある」

槍介が房のない十手《じって》を振り回しながら近づいてきた。

「古い手を」

大宮玄馬があきれた。

「五人か、足腰の動きは悪くないな」

「ですが、身体の中心がずれておりまする。きちっとした修行を積んではおらぬようでございまする」

足を止めて待ちながら、二人は刺客を観察した。

「経験で学んだというやつか」

「侮れませぬ」

聡四郎の判断に、大宮玄馬が表情を引き締めた。

道場剣術という言葉がある。竹刀《しない》踊りともいうそれは、道場での稽古しかしたことのない者を嘲弄するものだ。修行は大切だが、実戦を経験していないかぎり、それは畳の上の水練でしかない。真剣を抜いたことのない者は、それの持つ威圧を知らない。触れれば命を絶つ道具だけが持つ恐ろしさは、容易《たやす》く人を竦《すく》めさせる。竦めば、手足は固くなり、普段通りの動きができなくなる。思い切りのよかった踏みこみは浅くなり、存分にしなった腕は縮んで届かなくなる。

百の稽古は、一度の実戦に及ばず。剣術遣いの常識であったが、だからといってやたら真剣を振り回すわけにはいかず、剣術道場の主でも真剣での戦いを経験したことのある者は少なかった。

「おい、御上の御用だ」

十手を槍介が突きつけた。

「御広敷用人である。町方の誰何を受ける覚えはない」

聡四郎が身分を盾にした。

「嘘やな。てめえらが偽者やという訴人がおんねん。伏見奉行所まで連れてく。両刀を捨てんかい。おい、野郎ども縄や」

槍介が大声を出して、仲間に指示をした。

「神妙に……」

縄を手に近づいてきた手下の一人が、崩れ落ちた。大宮玄馬が抜き撃ちに首筋を叩いた。

「な、なんだ」

峰で首を撃ったことで骨が折れ、手下は即死したが血は出ていない。周囲が戸惑った。

「あっ。抜いとるで」

別の手下が、大宮玄馬の手に脇差があることに気づいた。

「手向かいする気か。やってしまえ」

槍介が十手を振りあげて、聡四郎に殴りかかってきた。

十手は鉄の棒である。手元が二股になる独特の形をしており、太刀などを挟んで制圧することもできる。当たれば骨がくだけ、頭に喰らえば命を失う。武士を相手にするには、これほど便利な武器はなかった。

「ふん」

槍介の攻撃は鋭かったが、真剣での遣り取りをなんども繰り返してきた聡四郎から見れば、十分に見きれるものでしかなかった。膝を緩めた聡四郎は、上半身をずらしてこれを避け、そのまま体当たりに出た。

「うおっ」

大柄な聡四郎の体当たりを喰らった槍介が吹っ飛んだ。

「い、痛てえ」

槍介が苦鳴を上げながら立ちあがるところへ、聡四郎は蹴りを喰らわせた。一放流には蹴りや拳打ちなどの体術もある。十分に体重を乗せた聡四郎の蹴りは、槍介の肝臓を破った。

「ぐはっ」

肝臓と胃の腑《ふ》を破られた槍介が、盛大に血を噴いて絶命した。

「ひっ」

「わっ」

その間に大宮玄馬が二人を峰打ちで地に這《は》わせた。

「もらった」

最後の一人が、大宮玄馬の後ろから襲いかかったが、返す刀で首を正面から裂かれてそのまま倒れた。

「たいしたことはなかったな」

「はい」

聡四郎と大宮玄馬は顔を見合わせた。

「このていどの刺客ならば、どうということはないな」

「伊賀者のほうが手こずりまする」

二人はふたたび歩き出した。

見張りに選ばれる男は、足が速くなければならなかった。すぐに報告は利助に届けられた。

「伏見はん、あっさり五人やられたそうでっせ」

「そんな……」

利助に言われた伏見が呆然とした。

「伏見奉行所の手下というのはよろしいが、お旗本に意味はおまへんな。手段がいけまへん」

利助が首を振った。

「次は儂やな」

最長老の祇園が腰を下ろしていた床几《しょうぎ》から立ちあがった。

「長坂《ながさか》先生、頼みましたで」

祇園が隣の床几で茶を飲んでいた浪人ものに顔を向けた。

「まちがいないな。八十両」

「お約束どおりお支払いいたしまっさ。金はここにおます」

祇園が懐を叩いた。

「けっこうだ」

立ちあがった長坂と呼ばれた浪人が、横に置いていた太刀を腰に差した。

「お先でござる」

一礼して長坂が大きく足を踏み出した。

「あれが、鬼の長坂」

利助が背中を見つめた。

「おい」

「へい」

「しっかり見てくるんやで」

小声で利助が命じた。

「お任せを」

三度、見張りが走った。

「琵琶《びわ》の湖《うみ》だ」

少し山道を曲がると、一気に景色が拡がった。

「なんど見ても大きな湖でございまする」

大宮玄馬も感心した。

「人と人の争いなぞ、どうでもいい気がするな。この拡がりを見ていると」

聡四郎も感慨深げであった。

「いかんな。人を斬ったというに、何一つ澱《おり》がない」

眼前の風景に心を奪われていた聡四郎が、はっとした。

人を斬るのが仕事の武家とはいえ、これは戦場だけのことであり、普段は許されていなかった。人を斬ってはいけない。斬れば咎めを受ける。これが当たり前となり、殺人は禁忌《きんき》とされた。

もともと人の命を奪う行為は、心に大きな負担をかける。子供のころから、他人を傷つけてはならないと躾《しつ》けられてきているのだ。脳裏に刻みこまれた習慣のようなものを破って、他人の命を奪う。斬られた者の断末魔の声、顔、恨みの籠《こ》もった目。これらが精神をさいなむ。聡四郎も大宮玄馬も初めて人を斬ったときは、吐いたし、眠れなかった。かなり憔悴《しょうすい》した。それが、小半刻もしないうちに忘れている。聡四郎は恐怖を感じた。

「……斬らねば斬られまする」

一拍遅れて、大宮玄馬が弁護を口にした。

「それはわかっている。我らは上様の御命を果たすためにある。やり遂げるまで死ぬことは許されておらぬ。吾も人を斬ることをためらいはせぬ」

聡四郎が続けた。

「だが、思うところを失うのは怖い」

「……はい」

大宮玄馬も同意した。

「地獄落ちは覚悟のうえだが……斬った者たちにも、その死を悼《いた》む者がいる」

「…………」

無言で大宮玄馬が聡四郎を見た。

「斬らねばならぬ。ただ、斬り慣れてはいかぬ」

「斬り慣れる……」

「そうだ。作業にしてしまってはならぬのだ。相手のことをしっかりと覚えておらねばならぬ。人を斬ったという重さをな」

「……はい」

聡四郎の語りに大宮玄馬が首肯した。

「人であるためにな」

厳しい顔をした聡四郎が、己に言い聞かせるように口にした。

「では、拙者の敵ではないな」

不意に声がした。

「なにものだ」

聡四郎が振り向きながら、誰何した。

「…………」

無言で大宮玄馬は脇差を抜いた。

「長坂左衛門《さえもん》と申す。洛中にて剣術道場を営んでおった。剣術遣いでござる」

両手をだらりと下げたままで、長坂が名乗った。

「我らを幕府役人と知っての狼藉か」

「知っている。わかっているだろう。拙者で三組目だ」

牽制した聡四郎に長坂が淡々と応じた。

「小出しにする理由がわからんぞ」

聡四郎が疑問を呈した。

「いろいろと事情があってな」

長坂が告げた。

「こちらにも事情はあるのだが……」

「あいにくだな。裏も表もなにもかも呑みこんで、相手を斬る。それが刺客というものだ。獲物の事情で対応を変えるわけにはいかぬ。歳老いた母がいる、幼い子供が待っているなどで見逃せぬ」

声を張って長坂が太刀を抜いた。

三

「殿、お下がりを」

すっと大宮玄馬が聡四郎をかばって前に出た。

「一人でよいのか」

長坂が大宮玄馬に問うた。

「…………」

大宮玄馬は無言で脇差を下段に構えた。

「ほう。小太刀だな」

一瞬で見抜いた長坂が太刀を振りかぶった。

小柄な大宮玄馬が腰を落とし、大柄な長坂がのしかかるように背筋を伸ばす。切っ先の高さの差は、五尺（約百五十センチメートル）近くあった。長坂は、間合いの長さを利用しようとしていた。

「おおう」

長坂が重い気合いを発した。

「むっ」

低く口のなかで押し殺すような気合いで大宮玄馬が応じた。

「……かなり遣う」

聡四郎は長坂の気合いに感じた。

「おうりゃあ」

長坂が踏み出しながら、太刀を落とした。

「ぬん」

大宮玄馬が脇差を突きだして、長坂の下腹を狙った。

「…………」

落ちかけた太刀を力で押さえ、長坂が半歩下がった。

「くっ」

大宮玄馬も体勢が伸びきる前に退いた。

人の身体の筋は伸びきったところで、動きが鈍くなる。大宮玄馬は無理を避けた。

「いかぬ」

聡四郎も太刀を手にした。

「殿、なりませぬ」

大宮玄馬が、鋭く制止した。

「…………」

戦いに参加しようとしていた聡四郎が止まった。

真剣勝負というのは微妙なものである。雨一粒、風一吹きで決まるときもあった。大宮玄馬は聡四郎の従者なのだ。なにをおいても聡四郎の身を守らなければならない。白熱している勝負の最中、聡四郎に気を割かねばならなくなっては、相手に集中できず、不測の事態も起こりえた。

聡四郎は太刀を抜いたままで一歩下がった。

「大変だな、宮仕えは。己の命より、主君を優先か」

長坂が同情した。

「浪人は楽だぞ。その日の喰い扶持さえ稼げば、誰にも気を使わなくていい」

「そのくせに刺客などするのか」

大宮玄馬が反論した。

「金が要るのでな。気に入った女を苦界《くがい》から引きあげるための金が」

長坂が事情を語った。

「事情を勘案しないと言ったのは、おまえだぞ」

聡四郎があきれた。

「なぜ死なねばならぬかを教えてやるのも功徳《くどく》であろう。おまえたち二人の命で、一人の女が救われる。そうわかれば、迷うことなく冥途《めいど》へ行けよう」

堂々と長坂が言った。

「勝手なことを」

大宮玄馬が長坂を睨んだ。

「しゃあ」

応えず、長坂が言葉を発した大宮玄馬に向かった。

「なんの」

大宮玄馬は油断していなかった。斬りつけてくる長坂の切っ先を、強く弾いた。

「くっ」

長坂がまた間合いを空けた。

「ならば、これはどうだ」

上段を横薙ぎに変えて、長坂が太刀を振った。

「おう」

下から掬《すく》うように、撃ち返した。

「はまったな」

長坂が持ちあげられた太刀を力任せに押さえこみ、そのまま袈裟懸けに出た。

「くっ」

はねあげた脇差を戻す間もない連続技に、大宮玄馬が焦った。

「玄馬」

聡四郎が叫んだ。

「りゃああ」

すさまじい気合いを発しながら、大宮玄馬が脇差を離し、太刀を居合いに遣った。

咄嗟のことで、大宮玄馬は切っ先近くで、長坂の一撃を受け止めた。

「しまった」

太刀は切っ先三寸がもっともよく切れる代わりに、弱い。なんとか長坂の袈裟懸けを止めた大宮玄馬だったが、代償として切っ先三寸を失った。

「勝った」

長坂が口の端をあげた。

真剣勝負の最中に、武器を損じる。これは致命傷であった。切っ先三寸がなくなる。日本刀の利点である切れ味を失ったのだ。と同時に、三寸大宮玄馬の太刀が短くなった。すなわち、同じ位置から撃ったとき、大宮玄馬の太刀が三寸届かないということになる。

「死ね」

勝ち誇った長坂が、また太刀を振りあげた。

「……………」

顔面を蒼白にしながらも、大宮玄馬が青眼に構えた。

青眼は、守りに適した構えであった。身体の中心に刀身をおくことで、わずかな動きであらゆる攻撃へ対応できる。その代わり、攻撃に出るには、太刀を脇に引くか、上段、下段に変えるかしなければならず、一拍の間が要った。

「一度は京で二百人をこえる弟子を抱え、洛中一の剣術遣いと呼ばれた拙者とここまで撃ち合えたのだ。誇ってよいぞ」

ゆっくりと長坂が左足を摺り足で前に出し、間合いを詰めた。

「それがなぜ、刺客など」

聡四郎が気をそらそうとして問いかけた。

「女よ。祇園の芸者に一目惚れして、金を貢ぎ、気がついたときには道場もなくしていた」

目を大宮玄馬から離さず、長坂が応じた。

「あれほどの女はおらぬ。閨での技が……」

語りながらも長坂は隙がなかった。

「その女を拙者一人のものにするために、人を斬って金を稼いできた。ようやくあと五十両まで来たのだ。この仕事を終えたら、女を落籍《ひか》して、洛北あたりで隠棲し、毎日愛《め》でて過ごせる」

長坂が笑った。

「…………」

大宮玄馬が腰を落とし、膝の力を抜いた。

「やる気か」

聡四郎は大宮玄馬が、決死の一撃を放つつもりだと見た。

「無駄な抵抗をするな。一撃で死ぬ方が楽だぞ。下手に動いて、へんなところを斬られたら、痛いだけだ」

前に出した左足に重心を移し、長坂が右足を前に踏み出した。

「きえええええ」

長坂が甲高い声をあげながら、一気に身体を前に倒して、上段から必殺の一刀を放った。

「むっ」

口のなかで気合いを殺して、大宮玄馬が腰を折り姿勢を低くしながら、やわらかくした膝を使って体重を左へと移した。

人が動くにもっとも重要なのが膝であった。膝を曲げずに立っているとき、前に踏み出すには、一度片方の膝を折らなければならない。しかし、両方の膝を緩くし、軽く曲げておくと、そのまま重心を移すだけで上半身を移動させることができた。

「……えええ」

裂帛《れっぱく》の気合いで落とされた長坂の太刀は、大宮玄馬の右肩を小さく削ぎながら流れた。

「つううう」

肉を斬られる痛みに耐えながら、大宮玄馬が折れた太刀を鍬《くわ》のように引きながら撃った。切っ先を失った太刀は、長坂の着物を裂き、脇腹に食いこんだ。

「がっ」

浅いながら、腹をやられた長坂が呻いた。

「この死に損ないがああ」

激痛に逆上した長坂が太刀を引き戻し、大宮玄馬の背中を追い撃とうとした。

「……………」

十分腰を低くしていた大宮玄馬の上を太刀が過ぎた。

「こんのう」

大宮玄馬が長坂の太刀が過ぎていくのを確認するなり、上半身を起こし、身体を半回転させた。

「あっ」

流れていった太刀の過ぎたあとに、大宮玄馬が出現した。長坂が驚いた。

「しゃああ」

大宮玄馬が先の折れた太刀を突き出した。

「ぎゃああ」

切れ味の悪い太刀が肋骨で滑りながら、長坂の胸に沈んでいった。

「ひゃくっ」

大宮玄馬の太刀が心臓に当たった瞬間、長坂が大きく震えた。

「はあ、はあ」

大きく息を吐いて、大宮玄馬が太刀を離した。

「…………」

支えを失った長坂が力なく崩れた。

「玄馬、傷を」

聡四郎が近づいた。

「不覚を取りましてございまする。申しわけございませぬ」

懐から出した手ぬぐいを傷にあて押さえながら、大宮玄馬が詫びた。

「いや、相手が強かったのだ。それに勝ったのだ。誇れ、玄馬」

聡四郎が励ました。

「なにより太刀を失いました」

武士にとって両刀はたいせつなものだ。切っ先三寸を失っては、もう太刀としては使えない。研ぎ師に預けてすりあげ、脇差に仕立て直すしかなかった。

「命よりは安い」

慰めながら、聡四郎は長坂の手から太刀を奪った。

「さすがだな。かなりの業物《わざもの》だ。これを当座に使え」

死者のものだと言ってはおられなかった。

「これが最後とは思えぬ」

「はい」

それには大宮玄馬も同意した。

「今度は、吾が出る。そなたは控えていよ」

「そういうわけには参りませぬ。わたくしが殿に守っていただくなど、従者としての分に欠けまする」

大宮玄馬が気色《けしき》ばんだ。

「従者に無駄死にをさせぬのも、主の仕事である」

頑として聡四郎は譲らなかった。

「急ごう」

言い合いに打ちかかって聡四郎は大宮玄馬を急かした。

見張りの報せは、その場にいた京の顔役たちを固まらせた。

「鬼の長坂が斬り負けた……」

祇園が崩れ落ちた。

「残りお二人はどないしはる」

利助の問いに、まだ手下を出していない二人が首を振った。

「金は欲しけど、手駒を失うわけにはいきまへん。割りが合わん」

二人が待機していた手下たちを促して、京へと帰り始めた。

「…………」

呆然としていた伏見も、番頭格の配下に抱えられるようにして立ちあがった。それでもまだ歩き出すだけの気力はなかった。

「祇園の親方、南禅寺の親方、伏見はん、お先。配下の後始末はお願いしまっせ。長く稼がしてもらったんですやろ。死体を引き取って寺へ持っていくらいはしてやりなはれや。でなければ、他の手下たちが不満をもちまっせ」

忠告を残して利助も踵を返した。

「……ふふふふ」

先行した者たち、残った三人と離れたところで、利助が笑った。

「南禅寺、祇園、伏見か。できれば残り二人の手駒も潰しておきたかったけど、そこまで望んでは贅沢《ぜいたく》やな」

「親方」

見張りの若い者が背中から話しかけた。

「どうやった」

「あれは、あきまへん。強すぎまっせ」

若い者が首を左右に振った。

「おまえやったら、どうする」

利助が問うた。

「二十人ほど集めて、そのうち十人に槍、五人に弓、五人に鉄炮《てっぽう》を持たせま。そして槍で囲んで動きを止めたところに、矢と鉄炮を射かけまっさ」

若い者が告げた。

「それだけせんならんか。となれば、相当な費えやな。刺客一人に五両として百両。それに弓矢、鉄炮の代金も入るとなれば、二百両は要るな。儂の儲けまで考えたら、三百両仕事や」

さっと利助が算盤《そろばん》を弾いた。

「三百両なんて払う客はいまへんで」

「一人いてるわ」

「勢はんのお相手」

「そうや。勢に相手させてる奴や」

利助がうなずいた。

「どないしはりますねん。勢はんを差し上げるおつもりで」

「やるで」

あっさりと利助が認めた。

「依頼された仕事を失敗してますねん。向こうが納得しまっか」

若い者が首をかしげた。

「江戸の闇を手に入れるためや。そのあたりはごまかしてみせるわ。そのために、今日は朝から、勢に閨をねだらせたんや」

娘を道具にしたと利助は淡々と述べた。

「儂の縄張りを餌にした策に、馬鹿が三人引っかかってくれよった。洛東の南禅寺と洛中の祇園、洛南の伏見が、刺客を失いよった。このすべてを儂が取る。洛中のほぼ七割は、儂のもんや」

利助が得意げに言った。

「しゃあけど、忌蔵も市松もいてまへんで」

若い者が大丈夫かと訊いた。

「ちゃんと補充の手配はついてる。手出しをせんと引きあげた二人の子飼いに引き抜きをかけたある」

利助が語った。

「いつのまに……」

若い者が驚いた。

「あらかじめや。こうやって獲物を競うようにさせれば、喜んで出てくるのは、祇園と伏見や。まさか南禅寺まで来るとは思わへんかったけど、あいつも洛中に縄張りが欲しくてしかたなかったんやな」

利助が語った。

「女やから舐められていると思いこんでいる伏見は、煽《あお》ればのるやろうし、祇園は儂と縄張りを接してるさかいな。目障りな木屋町を排除できると勇みすぎた」

冷静に利助は読んでいた。

「手下を引き抜かれた残りの二人も終わりや。あとは五人を始末するだけで、洛中の闇は、儂のものや。次の目標は江戸や」

「江戸に手出しを」

若い者が興奮した。

「ああ。江戸こそ天下やさかいな。いかに京の闇が深かろうが、大きさでいけば江戸の半分もない。もし、江戸を手にできたら……京と江戸。二つを吾がものにできれば、天下の闇を手にしたも同然やろ」

利助が笑った。

「女を使って天下を取る。まるで戦国の織田信長やな」

利助がはしゃいだ。

織田信長は、周辺の敵を味方にするため、娘や妹を使った。武田信玄の跡継ぎ勝《かつ》頼《より》に養女を輿入れさせたり、浅井長政《あざいながまさ》に妹市《いち》を嫁がせたりした。

「さあ、急いで木屋町へ帰るで。打つ手はまだまだあるんや」

「……へい」

足を速めた利助に、若い者が従った。

四

怪我をした大宮玄馬をかばいながらも、聡四郎は歩みを進め、なんとか日が暮れる前に草津へ入ることができた。

「ここで山崎を待つ」

聡四郎は、本陣と脇本陣を避け、普通の旅籠《はたご》に宿を取った。

「主人、すまぬが道中で転んで怪我をした。外道《げどう》医を頼みたい」

いささかの心付けを渡して、聡四郎は宿に医者を呼んでもらった。

「……転んだ傷やと聞きましたが、これは」

さすがに医者は、大宮玄馬の傷を見た瞬間に気づいた。

「御広敷用人、水城聡四郎である。将軍家の御用中である。委細は話せぬ。また、このことを口にすることを許さぬ」

聡四郎は威厳をもって医者を抑えこみ、治療だけをさせた。

「ご迷惑をおかけいたしまして」

役目を笠に着るのを嫌う聡四郎にそう言わせたことを、大宮玄馬が恐縮した。

「悪いと思うならば、さっさと治せ」

聡四郎が大宮玄馬に告げた。

「……畏れ入りまする」

大宮玄馬が聡四郎の言葉に頭を垂れた。

「山崎でござる」

夕餉の膳が出る前に、山崎伊織が追いついた。

「さすがだな。目印もないのに、よく見つけた」

聡四郎は感心した。別行動を取った旅人が合流するには、あらかじめ宿を決めておくか、使用している笠を軒下に吊《つる》してもらうなどした。しかし、今回は刺客が追いついてくることもあり得るとして、聡四郎はわざと目印を出さなかった。

「京から入った武家の二人連れを見てないかと、そのへんの客引きに訊けばすぐに知れまする。人探しなど忍には朝飯前でございまする」

山崎伊織がたいしたことではないと手を振った。

「しかし、大宮玄馬どのが傷を負われるとは……」

肩に布をあてている大宮玄馬に、山崎伊織が驚愕した。この旅を通じて、山崎伊織も大宮玄馬の腕を知っていた。

「京で道場を営んでいた浪人であった」

代わって、聡四郎が述べた。

「死体は見ませんでしたが、あちこちに血は残っておりました。なにかあったなとは思っておりましたが……しかし、それほどの遣い手がいたとは」

山崎伊織が首を左右に振った。

「恐ろしいものだ」

聡四郎もうなずいた。

「さて、夕餉の前に話をしておかねばなるまい」

吉宗の指示を伝えようと、聡四郎が姿勢を正した。

「玄馬は寝ておれ。明日も無理な旅をかけることになる。少しでも体力を回復させておくよう」

「はい」

素直に大宮玄馬は横になった。

「なにがございました」

山崎伊織が膝を揃えた。

「上様より名古屋《なごや》へ向かえとのことだ」

「名古屋……またみょうなところへ」

山崎伊織が首をかしげた。

御三家の筆頭尾張の城下ながら、名古屋は東海道の重要な宿場ではなかった。東海道は桑名《くわな》から船になり、名古屋を迂回して宮《みや》宿へ至る。東海道を通る旅人はまず名古屋には立ち寄らなかった。

「名古屋で藩主毒殺の調べをせよとのことである」

「な、なにを」

大宮玄馬が驚愕のあまり、起きあがった。

「御三家のご当主さまが毒を盛られるなど……」

あり得ないと大宮玄馬が否定した。

「簡単なことでございますぞ」

対して山崎伊織は平静であった。

「えっ……」

大宮玄馬が間の抜けた顔をした。

「どうするのだ。御三家の当主には毒味が付いているはずだ。それも何人か」

聡四郎が手段を問うた。

「まず、御三家のご当主が食事を摂《と》る御座の間の天井裏に侵入いたしまする。そこでちょうど膳が置かれるところの真上に、針穴のような穴を開けまする。そこから抜いた女の髪を垂らしまする」

「女の髪でなければならぬのか」

「もちろん馬の尾でもよろしいが、万一残していかねばならなくなったときに、女の髪ならば目立ちませぬ。ご当主どのに側室の髪が付き、それが御座の間に落ちていても不思議ではございますまい」

「たしかにな。馬の尾では不自然だ」

聡四郎は納得した。

馬術好きの大名ならば、馬の尾が付いていてもおかしくないと思われそうだが、貴人は馬に乗るときは専用の衣服に着替えるのが常である。馬の尾が御座の間に運ばれることはあり得なかった。

「話の腰を折った。続けてくれ」

先を、と聡四郎が言った。

「いえ。その垂らした髪に毒液を伝わらせるのでございまする。髪は逆さにこすれば、引っかかりますが、先へ向かって落とせばなんの障害もなく滑り、ご当主の膳に落ちまする」

「ご当主の前に置かれた膳はすでに毒味ずみ……」

「はい」

述べた聡四郎に山崎伊織がうなずいた。

「他にも、夜具で寝ているご当主さまの口に毒を垂らす、奥でむつみ合っている側室の乳に毒を流すこともできまする」

山崎伊織が付け加えた。

「むううう」

聡四郎はうなった。

「ご安心を。上様にそのようなことはございませぬ。御休息の間は御庭之者が、大奥は我ら伊賀が守っておりまする。今、申しあげたのは、忍の警固を持たぬお大名方のことで」

山崎伊織が言った。

「いや、御広敷伊賀者や御庭之者を疑ってはおらぬ。その技、腕、忠誠ともに他の追随を許さぬと知っている」

「では、なにをご懸念でございましょうや」

もう一度横になった大宮玄馬が尋ねた。

「上様のお手が付く女だ。あらかじめ、己の身体に毒を仕込んでいれば……」

「…………」

「それは……」

聡四郎の発言に、大宮玄馬と山崎伊織が息を呑んだ。

「竹姫さまがそのようなまねをなさるはずはない。だが、知らぬ間に仕込まれることはありえるし、なにより竹姫さまが御台所となられるまで、上様が閨ごとをなさらぬとは思えぬ」

吉宗はまさに男盛りである。政で頭脳を使い、鷹狩りや弓の修練などで身体を酷使しても、疲れさえ残さない。とはいえ、健康な男なのだ。性というものばかりは、どこかで発散しなければならなかった。

性欲は運動でごまかせる。そう修行時代は信じていた。事実、聡四郎は紅を娶るまで女を知らなかった。もっとも四男で要らない子供に等しかった聡四郎に、遊女を買うだけの金は与えられず、屋敷の女中に手出しすることも許されてはいなかった。

くたくたになるまで一放流の稽古をすれば、性の欲求など消し飛ぶ。とにかく寝たいのだ。そのおかげで、聡四郎はその手の悩みとは無縁で来られた。

それが、紅と一緒になり、閨のことを知ると変わった。性のもつ快楽も大きいが、なにより愛しい相手と一つになる充足感は、武道の修行をはるかにこえる。紅が懐妊してから、閨を共にしていない聡四郎である。その辛さをよく理解していた。

将軍になって今まで、一度も大奥で女を抱いてはいない吉宗だが、そろそろ限界だろうと聡四郎は思っていた。

「将軍のご側室さまのお身体をあらためはいたしますが……」

大奥で将軍の閨に侍《はべ》る側室は、全身くまなく、それこそ秘所、尻の穴まで指を入れられて、異物を仕込んでいないか調べられる。

「……乳や陰部に毒を塗っていないかと毒味するわけには参りませぬなあ」

山崎伊織が苦吟《くぎん》した。

もし、大奥で吉宗に何かあれば、御広敷伊賀者は終わる。組の解体はもちろん、全員が腹を切らなければならなくなる。

「上様にはお報せするが、なにかの手立てを御広敷伊賀者でとるように」

御広敷伊賀者を預けられた者として、聡四郎は正式に命じた。

「承知いたしました。江戸へ戻り次第、組頭と相談いたしまする」

姿勢を正して、山崎伊織が応じた。

「さて、話を戻すぞ」

聡四郎は先々代尾張藩主徳川吉通の死について、継飛脚が持ってきた情報を二人に開示した。

「まちがいなさそうでございますな」

山崎伊織が毒殺だと認めた。

「そんなことが……」

大宮玄馬はまだ信じられないという顔をしていた。

「藩士二人が死んでいるのも怪しゅうございますな」

山崎伊織が聡四郎を見た。

「松平通春さまに付いて江戸へ出たという。信用できる者であったはずだ」

ようやく御家門として認められた松平通春の供である。江戸での振る舞いをなにも知らぬ松平通春の補佐をしなければならない。松平通春に失策があれば、尾張にも影響は出る。それを防ぐだけの見識は持っていなければならなかった。

「まあ、三万石の主として江戸へ向かわれたのだ。他にも家臣は相当付いていただろう」

聡四郎は告げた。

幕府の定めでいくと三万石は、六百十人の家臣を抱えなければならなかった。これは慶安《けいあん》二（一六四九）年に決められたもので、その後の改訂はおこなわれていない。とはいえ、すでに天下泰平となって百年を超える享保の世である。どこの大名も決まりどおりの家臣を抱えてなどいなかった。

ましてや御三家の分家とは名ばかりの身内大名である。領地には代官を出すだけで、陣屋も造らず、江戸の屋敷も本家に間借りするのだ。家臣などいなくても困らない。さすがにまったくなしでは体裁も繕《つくろ》えないため、身の回りの世話をする者たちと外出のときの警固の番士たちくらいは抱えるが、百人もいればいい。

そして御家門は、その家臣のほとんどを本家から譲り受けるのが慣例であった。移される家臣はたまったものではない。御三家の家臣はもともと家康の旗本だった者たちが、尾張徳川義直《よしなお》、紀伊《きい》徳川頼宣《よりのぶ》、水戸《みと》徳川頼房《よりふさ》に付けられたことに由来を持つ。その経緯もあり、御三家の家臣は陪臣ながら直臣《じきしん》としての矜持をもっていた。その家臣たちが、さらに分家へ押しやられる。さすがにそうなれば、直臣格だとは言えなくなる。当然、選ばれそうになった家臣たちは嫌がった。

だが、藩士を減らし、少しでも財政に余裕を生みたい藩にとっては、人減らしのよい機会である。伝手や引きのある連中を除外したなかから、捨てられる人を選んだ。

「なぜに拙者が」

名前が出てからでは遅い。急ぎ金を用意して、重職に渡したところで、今さら変更はありえなかった。もし、入れ替わりがあったならば、もめ事を呼ぶことになる。外された者を代わりに入れられた者が恨むのだ。場合によっては、刃傷沙汰も起こる。

藩のなかで争闘があれば、幕府から治世不十分と叱られる。さすがに御三家は潰されないが、人身御供として家老や用人が切腹しなければならない。

「百人のなかの二人か。難しいな」

「名前はわかっておりますか」

山崎伊織が頭を抱える聡四郎に訊いた。

「ああ。上様のご書状に書かれていた」

聡四郎は首肯した。

「それがあるならば、どうにかなりましょう。名前さえわからぬようでは、さすがにどうしようもございませぬが」

山崎伊織が言った。

「そうか、頼もしいかぎりだ」

聡四郎が安堵した。

「明日から、名古屋へ急ぐぞ」

「承知」

「はっ」

聡四郎の指示に、山崎伊織と大宮玄馬がうなずいた。


藤川義右衛門は、聡四郎たちが京を離れたと言った利助を睨みつけた。

「きさま……」

「いやあ、お恥ずかしいかぎりですけど、相手が強すぎましたわ」

こたえていない顔で利助が言いわけをした。

「なにせ、藤林さまでも及ばなかったわけでございますから」

「むっ……」

痛いところを突かれた藤川義右衛門が詰まった。

「お約束でございますれば、お仕事を達成できなかった詫びといたしまして、いただきました代金の倍、三百六十両をお受け取り願いまする」

利助が横に置いていた袱紗包みを藤川義右衛門へと押した。

「三、三百六十両……」

すさまじい大金に、藤川義右衛門が呑まれた。

一両あれば、庶民が一カ月生活できる。それこそかなり贅沢な生活をしても、月に十両も要らない。三百六十両あれば、四年から五年、慎ましく生活すれば十年は生きていける。

「あと、お約束通り勢は差し上げまする」

「……江戸の闇をくれると」

藤川義右衛門が確認した。

「熨斗《のし》を付けて差し上げるというわけにはいきまへん。江戸には江戸のつごうがございますよって。いささかご尽力願います」

利助がそれほど甘くはないと告げた。

「どういうことだ」

「委細は、江戸にお戻りになられた後、深川木場の弐吉という男とお会いになっていただいたうえで」

ここでは話せないと利助が拒んだ。

「そこで勢がお待ちしておりますわ」

「待っているだと……」

藤川義右衛門が、利助と入れ替わりに部屋を出ていった勢のことを思い出した。

「すでに若い者を付けて、江戸へ向かわせましてございまする」

利助が口調を変えた。

「闇は美味しゅうございますぞ。年数千両を稼ぐこともできまする」

「数千両……」

ふたたび、藤川義右衛門が驚いた。

「藤林さまが、どのようにお考えかはわかりまへんが、大名暮らしができまっせ」

利助がわざと訛《なま》った。

「それほどとは見えぬぞ、おまえは」

「これは世間を欺《あざむ》く仮の姿というやつで」

にやりと利助が笑った。

「どうなさるかは、藤林さまのお考え次第でございますが、闇を味方にすれば目的も楽に果たせましょう。詳細は知りませぬが、闇には名の知れたお旗本もおられるとか」

「旗本にも闇の手が」

利助の言葉に藤川義右衛門が目を剝いた。

「では、お気をつけて」

別れの挨拶をして、利助が下がっていった。

「ここで利助を殺しても意味はないか」

一人になった藤川義右衛門は冷静であった。

「吉宗を排せない限り、吾の復活はない。子々孫々まで旗本として名を残すのは夢であるが……闇を手にして贅沢三昧《ざんまい》もよいな。いや、金さえあれば、旗本の株も買える」

旗本の株とは系図のことだ。金に困っている旗本から、その家の系図と知行宛行《あてがい》状を買い取り、養子となって家督を継ぐ。もちろん幕府は厳禁としているが、元禄のころから徐々に増えていた。

「とにかく、水城はもう京を離れた。このままここにいてもしかたがない」

藤川義右衛門が立ちあがった。

名家の姫とはいえ、その婚姻が朝議にはかられることはない。ただし、相手が将軍となれば、朝議の議題とはならないが、話題にはあがった。

「お聞きになりましたかの。中納言の妹姫が将軍のもとへ輿入れするそうじゃの」

「耳にいたしましたぞ」

朝議の始まる前に、公家たちが囁きあっていた。

「これで幕府の援助が増えますの」

「ありがたいことじゃ」

「近衛さまはどうなさります……」

一層声が小さくなった。

「ご反対の気配なしじゃ」

二人がちらと上座で瞑目している近衛基凞を見た。

「近衛さまの姫も将軍に嫁がれたからかの。一条さまのご縁戚が将軍と婚姻なさるのを黙認なさるとは、予想外じゃ」

公家が驚いていた。

「なんにせよ、めでたいことじゃ。清閑寺の姫は、確か五代将軍綱吉公の養女になっておられたの」

「そのはずじゃ」

「将軍の姫が嫁入りするときは、数万石の化粧料を持参するのが吉例」

「しかし、相手も将軍家じゃ。化粧料の持っていきようがなかろう」

年嵩の公家が首をかしげた。

「じゃからというて、化粧料をけちりはせぬだろう。いかに倹約とうるさい将軍家でも、外聞が悪かろう」

「たしかにの。嫁の化粧料を出さぬなど、将軍、天下人にあるまじきおこないじゃ」

中年の公家が同意した。

「持っていきようのない化粧料、当然、それは実家にもたらされよう」

「清閑寺家だけか」

「そうならぬように、我らは動かねばなるまい。竹姫の実家は清閑寺家だけではなく、朝廷全体じゃとな」

「なるほどの。そうなるよう、京都所司代に働きかけようか。もちろん清閑寺家にも言い含めねばなるまい」

二人が顔を見合わせた。

「ふん」

いかに小声でも、さほど広くない清涼殿のなかである。二人の公家の話は、しっかり近衛基凞に届いていた。

「取らぬ狸の皮算用をしておるわ」

近衛基凞が口の端をゆがめた。

「他人の力をあてにするだけで、どうやってこれからの世を生きていくというつもりじゃ。いつまでも公家がこのままあり続けるとは限らぬというに」

あきれた目で近衛基凞が、私語している公家二人を見た。

「じゃが、よいことを聞いたわ。竹は綱吉の養女であったの。ということは、綱吉の養子となって大樹を継いだ家宣どのと兄妹になる。家継どのの叔母じゃな、竹は」

近衛基凞が笏《しゃく》で口元を隠した。

「形だけで、血など繋がってもおらぬが、吉宗は家継どのの子。これはよい」

思わず近衛基凞が笑い声を漏らした。

「いかがなされた」

隣にいた一条兼香が、問うた。

「なんでもないわ」

うるさそうに近衛基凞が笏を振った。

「まもなく帝が臨席なさる。摂家の当主らしく願いますぞ」

一条兼香が注意した。

「言われずとも、そなたより長く、ここにおる」

不機嫌な声で近衛基凞が返した。

「ならばけっこう」

一条兼香が近衛基凞から目を離した。

「吾が世の春を謳歌《おうか》しておれ。竹と吉宗は決して一緒にさせぬ。あとは、この札をどこで使うかだの。二度と一条が近衛の上に来ようなどと思わぬように叩きつぶしてくれるぞ、兼香」

近衛基凞が表情を消した。

光文社文庫

文庫書下ろし／長編時代小説
典《てん》雅《が》の闇《やみ》　御広敷用人《おひろしきようにん》　大奥記録《おおおくきろく》(九)
著　者　上《うえ》　田《だ》　秀《ひで》　人《と》

2016年1月20日　初版1刷発行
2025年3月5日　5刷発行

発行者　三　宅　貴　久
印　刷　大　日　本　印　刷
製　本　大　日　本　印　刷

発行所　株式会社　光　文　社
〒112-8011　東京都文京区音羽1-16-6
電話（03）5395-8149　編　集　部
8116　書籍販売部
8125　制　作　部

ISBN978-4-334-77221-5　Printed in Japan

組版　萩原印刷